情书

果麦 编

浙江文艺出版社

我想和你一起生活，在某个小镇，

共享无尽的黄昏，和绵绵不绝的钟声。

——茨维塔耶娃

目录

萑苇易折，磐石难动

沈从文致张兆和

三三：

近日来看到过一篇文章，说到似乎下面的话："每人都有一种奴隶的德性，故世界上才有首领这东西出现，给人尊敬。因这奴隶的德性，为每一人不可少的东西，所以不崇拜首领的人，也总得选择一种机会低头到另一种事上去。"三三，我在你面前，这德性也显然存在的。为了尊敬你，使我看轻了我自己的一切事业。我先是不知道我为什么这样无用，所以还只想自己应当有用一点。到后来看到那篇文章，才明白，这奴隶的德性，原来是先天的。我们若都相信崇拜首领是一种人类自然行为，便不会再觉得崇拜女子有什么稀奇难懂了。

你注意一下，不要让我这个话又伤害到你的心情，因为我不是在窘你做什么你所做不到的事情，我只在告诉你，一个爱你的人，如何不能忘你的理由。我希望说到这些时，我们都能够快乐一点，如同一本书一样，仿佛与当前的你我都没有多少关系，却同时是一本很好的书。

我还要说，你那个奴隶，为了他自己，为了别人起见，也努力想脱离羁绊过。当然这事做不到，因为不是一件容易事情。为了使你感到窘迫，使你觉得负疚，我以为很不好。我曾做过可笑的努力，极力去同另外一些人要好，当别人崇拜我愿意做我的奴隶时，我才明白，我不是一个首领，用不着别的女人用奴隶的心来服侍我，却愿意自己做奴隶，献上自己的心，给我所爱的人。我说我很顽固的爱你，这种话到现在还不能用别的话来代替，就因为这是我的奴性。

三三，我求你，以后许可我做我要做的事，凡是我要向你说什么时，你都能当我是一个比较愚蠢还并不讨厌的人，让我有一种机会，说出一些有奴性的卑屈的话，这点你是容易办到的。你莫想，每一次我说到“我爱你”时你就觉得受窘，你也不说“我偏不爱你”，作为抗拒别人对你的倾心。你那打算是小孩子的打算，到事实上却毫无用处的……

三三，你是我的月亮。你能听一个并不十分聪明的人，用各样声音、各样言语，向你说出各样的感想，而这感想却因为你的存在，如一个光明，照耀到我的生活里，你不觉得这也是生存里一件有趣味的事吗？

一个白日带走了一点青春，日子虽不能毁坏我印象里你所给我的光明，却慢慢地使我不同了。“一个女子在诗人的诗中，永远不会老去，但诗人，他自己却老去了。”我想到这些，十分忧郁了。生命都是太脆弱的一种东西，并不比一株花更禁得住年月风雨，用对自然倾心的眼反观人生，使我不能不觉得热情的可珍，而看重人与人凑巧的藤葛。在同一人事上，第二次的凑巧是不会有的。

我也安慰自己过，我说：“我行过许多地方的桥，看过许多次数的云，喝过许多种类的酒，却只爱过一个正当最好年龄的人。我应当为自己庆幸。”

三三，我希望这个信不是窘你的信。我把你当成我的神，敬重你，同时也要在一些方便上，诉说即或是真神也很糊涂的心情。你高兴，就注意听一下，不高兴，就不要那么注意吧。天下原有许多稀奇事情，都缺少能力解释到它，也不能用任何方法说明，譬如想到所爱的一个人的时候，血就流走得快了许多，全身就发热作寒。听到旁人提到这人的名字，就似乎又十分害怕，又十分快乐。究竟为什么原因，任何书上提到的都说不清楚，然而任何书上也总时常提到。“爱”解作一种病的名称，是一个法国心理学者的发明。那病的现象，大致就是上述所及的。

我现在，也没有什么痛苦了，我很安静，我似乎为爱你而活着的，故只想怎么样好好的来生活。假使当真时间一晃就是十年，你那时或者还是眼前一样，或者已做了某某大学的一个教授，或者自己不再是小孩子，倒已成了许多小孩子的母亲，我们见到时，那真是有意思的事。任何一个作品上以及任何一个世界名作作者的传记上，最动人的一章，总是那人与人纠纷藤葛的一章。许多诗是专为这点热情的指使而写出的，许多动人的诗，所写的就是这些事，我们能欣赏那些东西，为那些东西而感动，却照例轻视到自己以及别人因受自己影响而发生传奇的行为，这个事好像不大公平。因为这个理由，天将不许你常是小孩子。“自然”使苹果由青而黄，也一定使你在适当的时间里，转成一个“大人”。

三三，到你觉得你已经不是小孩子，愿意做大人时，我倒极希望知道你那时在什么地方做些什么事，有些什么感想。“萑苇”是易折的，“磐石”是难动的，我的生命等于“萑苇”，爱你的心希望它能如“磐石”。

望到北平高空明蓝的天，使人只想下跪，你给我的影响恰如这天空，距离得那么远，我日里望着，晚上做梦，总梦到生着翅膀，向上飞举。向上飞去，便看到许多星子，都成为你的眼睛了。

三三，莫生我的气，许我在梦里，用嘴吻你的脚，我的自卑处，是觉得如一个奴隶蹲到地下用嘴接近你的脚，也近于十分亵渎了你的。

我念到我自己所写到“萑苇是易折的，磐石是难动的”时候，我很悲哀。易折的萑苇，一生中，每当一次风吹过时，皆低下头去，然而风过后，便又重新立起了。只有你使它有永远折服，永远不再作立起的希望。

从文

一九三一年六月

在做你丈夫之前，我唯一的权利就是守卫你

维克多·雨果致阿黛尔·富歇

阿黛尔：

在两个愉快的夜晚之后，我今夜绝不出门，我要待在家里给你写信。我的阿黛尔，我爱慕的、可爱的阿黛尔，我将对你无话不说！

哦，上帝！这两天我不停问自己，自己这样的幸福，难道不是在梦中？我内心里的快乐简直不属于尘世，我尚未完全理解这没有一丝阴霾的晴空。

阿黛尔，你还不会知道，我原本已准备好承受什么样的痛苦。唉，可其实我自己又何尝知道？

我并不坚强，我假装冷静；其实我本以为自己必将经受绝望带来的各种疯狂，我还以为自己会足够勇敢、随遇而安。

啊！让我恭敬地拜倒在你的脚下，你是那样高贵、温柔、坚强！我曾经一直在想：对你的爱到了极致时，

我只能把自己的生命奉献给你。可是你，我慷慨的爱人，竟然也准备为我放弃你原本平静的生活。

若是我父亲来信将我逼至绝境，我或许会筹点钱，带着你——我的未婚妻、我的爱侣、我的妻子——远走高飞，和所有可能拆散我们的人告别；我想，既然名义上我是你的丈夫，我们可以离开法国，到另外一个国度，在那里我们有权享受自由。白天我们同坐一辆马车赶路，夜晚同在一个屋顶下安眠。

我高贵的阿黛尔，我是这样地幸福，可却从未想过要占你的便宜。你绝对不会把我想得这么坏的，对不对？对于你的维克多来说，你是最值得尊重的珍宝。在旅途中，你甚至可以和他夜晚同处一室，绝不必担心他会惊扰你，哪怕多看你一眼。我打算就睡在或者坐在椅子上，小心守护着你。再不然，就躺在你床边的地板上，守卫你、保护你，让你安心进入梦乡。在神父把一切丈夫的权利赐予你的奴隶之前，他唯一奢望的权利，就是守护你的权利。

阿黛尔啊，我如此软弱、卑微，但我恳请坚强而高贵的你别对我心生厌恶。请想想我失去的一切、我寂寞的心情和父亲的威胁吧；想想这一周以来，我时刻提心吊胆，唯恐失去你的落魄吧。请不要惊讶于我的悲观。你那样令人敬佩，仙女和你比较都会失色。你拥有一切自然的天赋，那样地坚强又柔情似水。

啊，阿黛尔，请不要将这些话错当成盲目的激情——虽然我一生都对你钟情，而且这种感情还在与日俱增。我的整个灵魂都是你。

如果不是因为我的心全被你占据，我的存在将失去意义，而我一定已经死去。

阿黛尔，这就是在收到你那封或给予希望、或让我绝望的信之前，我的所思所想。如果你爱着我，一定能体会我的喜悦。我能和你共享同样的情感，这样的心情，我的言语无法形容。

我的阿黛尔，为什么除了喜悦，我找不出一个词来形容这种情感呢？是不是因为人类的语言根本没有表达这种喜悦的能力？从做好准备接受痛苦，突然飞跃进无尽的快乐，这样的转变简直使我不安，甚至魂不守舍。我时不时浑身发抖，生怕下一刻就会从美梦中惊醒。

啊，如今你是我的了！终于是我的了！不用过多久——也许再过几个月，我的天使就会在我怀中沉睡、清醒、生活。你每时每刻脑中所想、眼里所见，都只有我一个人；我每时每刻脑中所想、眼里所见的，也只有你一个人！我的阿黛尔呀！如今你将属于我了！如今我这个平凡的人，蒙受神的召唤，将体验到天堂的幸福了。

你将先成为我年轻的妻子，然后是我孩子年轻的母亲，但在我心里，你将永远是你，永远是我的阿黛尔。在纯净的夫妻生活中，你将一如初恋时，像处女的岁月里那样温柔而令人倾慕——亲爱的，请回答我：你能否想象得出，一段长久的姻缘中那不变的爱和幸福！有一天，这样幸福会为我们所有吗？

我的阿黛尔，现在任何障碍都不能让我灰心，无论是写作，还是争取国家津贴，我在这两件事中所获得的每一点进步，都让我离你越来越近。还有什么能让我觉得痛苦呢？不要这样去想，我拜托你，别把我想得那么坏。如果吃一点点苦，能换来那么大的幸福，这点辛苦又算得了什么呢？难道我没有无数次向上帝祈祷，请他赐我这样的幸福，无论付出什么代价？哦！我好快乐啊！未来的我还会有多快乐啊！

再见，我的天使，我可爱的阿黛尔，再见！

我亲吻你的秀发，然后就去上床睡觉。

我离你如此遥远，但我可以梦到你。也许不久后你就会来到我身边。

再见，原谅这人的胡言乱语吧。他拥吻你，深爱你，他是你此生以及来生的丈夫。

你的画像呢？

维克多

月光

海桑

和野花交换颜色

和树林交换呼吸

和大地交换肉体和养分

和小狗交换眼神

星光与虫鸣在我的身体里相聚

并不作长久的停留

所以我渴望你

想和你产生更多的联系

要和你交换香气和灵魂

你是琴键，我就是手指

你是芳香，我就是鼻子

春天爱你，挂满花朵

秋天爱你，脱光叶子

我在这里，也在那里

你的衣服也带着电流

它是你身体的组成部分

有时候觉得

你应该遇见一个比我更好的人

可是我喜欢你的时候

觉得自己也是值得喜欢的

如果你愿意，我可以翻山越岭

如果你愿意，我可以一生守住陶罐

花开花落，并没有别的意思

它要在死亡里变得干净

在泥土中获得安息

我不愿意成为拆散你们的根源

林徽因致徐志摩

志摩：

我走了。带着记忆的锦盒，里面藏着我们的爱情、我们的友谊，已经说出和还没有说出的话走了，我回国了。伦敦使我痛苦。我知道，您一从柏林回来，就会打火车站直接来我家的。我怕，怕您那沸腾的热情，也怕我自己心头绞痛着的感情。火，会将我们两人都烧死的。

原谅我的怯懦。我还是个未成熟的少女。我不敢将自己一下子投进那危险的旋涡，引起亲友的误解和指责、社会的喧嚣与诽难。我还不具有抗争这一切的勇气和力量。我也还不能过早地失去父亲的宠爱和那由学校和艺术带给我的安宁生活。我降下了帆，拒绝大海的诱惑，逃避那浪涛的拍打……

我说过，看了太多的小说，我已经不再惊异人生的遭遇。不过这是诳语，一个自大者的诳语。实际上，我很脆弱，脆弱得像一枝暮夏的柳条，禁不住什么风雨。

我忘不了，也受不了那双眼睛。这次您和幼仪去德国，我、爸爸、西滢兄在送别你们时，火车启动的那一瞬间，您和幼仪把头伸出窗外。在您的面孔旁边，她张着一双哀怨、绝望、祈求和嫉意的眼睛定定地望着我。我颤抖了。那目光直透我心灵的底蕴，那里藏着我的无人知晓的秘密，她全看见了。

其实，在您陪着她来向我们辞行时，听说她要单身离您去德国，我就明白，你们两人的关系起了变故。起因是什么，我不明白，但不会和我无关。我真佩服幼仪的镇定自若、从容裕如的风度。做到这一点，不是件易事，我就永远也做不到。她待我那么亲切，当然不是装假的。你们走后，我哭了一个通宵，多半是为了她。志摩，我理解您对真正的爱情幸福的追求，这原也无可厚非。但我恳求您理解我对幼仪悲苦的理解。她待您委实是好的。您说过，这不是真正的爱情，但获得了这种真切的情分，志摩，您已经大大有福了。

尽管幼仪不记恨于我，但是我不愿意被理解为拆散你们的主要根源。她的出走，使我不能再在伦敦居住下去。我要逃避，逃得远远的，逃回我的故乡，让那里浓荫如盖的棕榈、幽深的古宅来庇护我，庇护我这颗不安宁的心。

我不能等您回来后再做这个决定。那样，也许这个决定永远也无法做出了。我对爸爸说，我想家，想故乡，想马上回国，他没问什么，但是我知道，这一切他都清楚。他了解我，他永远是我最好的朋友。他同意了。正好他收到一封国内的来信，也有回国一次的意向，这样，我们就离开了这留着我的眼泪多于微笑的雾都。

我不能明智如那个摔破瓦盆头也不回的阿拉伯人，我是女人，总免不了拖泥带水，对“过去”要投去留恋的一瞥。我留下这一封最后的紫信——紫色，这个我喜欢的哀愁、忧郁、悲剧性的颜色，就是我们生命邂逅的象征吧。走了。可我又真的走了吗？我又真的收回留在您生命里的一切吗？又真的奉还了您留在我生命里的一切吗？我们还会重逢吗？还会继续那残断了的梦吗？我说不清。一切都交给那三个纺线的老婆子吧，听任她们神秘的手将我们生命之线拉扯得怎样，也许，也许……只是，我不期待，不祈求。

徽徽

P.S. 这一段时间您也没有好好念书，从今您该平静下来，发愤用功，希望您早日用智慧的光芒，照亮那灰暗的文坛。

有些问题恐怕我答不出

鲁迅致许广平

广平兄：

今天收到来信，有些问题恐怕我答不出，姑且写下去看。

学风如何，我以为和政治状态及社会情形相关的，倘在山林中，该可以比城市好一点，只要办事人员好。但若政治昏暗，好的人也不能做办事人员，学生在学校中，只是少听到一些可厌的新闻，待到出校和社会接触，仍然要苦痛，仍然要堕落，无非略有迟早之分。所以我的意思，倒不如在都市中，要堕落的从速堕落罢，要苦痛的速速苦痛罢，否则从较为宁静的地方突到闹处，也须意外地吃惊受苦，其苦痛之总量，与本在都市者略同。

学校的情形，向来如此，但一二十年前，看去仿佛较好者，因为足够办学资格的人们不很多，因而竞争也不猛烈的缘故。现在可多了，竞争也猛烈了，于是坏脾气也就彻底显出。教育界的清高，本是粉饰之谈，其实和别的什么界都一样，人的气质不大容易改变，进几年大学是无甚效力的，况且又有这样的环境，正如人身的血液一坏，体中的一部分绝不能独保健康一样，教育界也不会在这样的民国里特别清高的。

所以，学校之不甚高明，其实由来已久，加以金钱的魔力，本是非常之大，而中国又是向来善于运用金钱诱惑法术的地方，于是自然就成了这现象。听说现在是中学校也有这样的了，间有例外者，大概即因年龄太小，还未感到经济困难或花费的必要之故罢。至于传入女校，当是近来的事，大概其起因，当在女性已经自觉到经济独立的必要，所以获得这独立的方法，不外两途，一是力争，一是取巧，前一法很费力，于是就堕入后一手段去，就是略一清醒，又复昏睡了。可是这不独女界，男人也都如此，所不同者巧取之外，还有豪夺而已。

我其实哪里会“立地成佛”，许多烟卷，不过是麻醉药，烟雾中也没有见过极乐世界。假使我真有指导青年的本领——无论指导得错不错——我决不藏匿起来，但可惜我连自己也没有指南针，到现在还是乱闯，倘若闯入深坑，自己有自己负责，领着别人又怎么好呢，我之怕上讲台讲空话者就为此。记得有一种小说里攻击牧师，说有一个乡下女人，向牧师历诉困苦的半生，请他救助，牧师听毕答道："忍着罢，上帝使你在生前受苦，死后定当赐福的。"其实古今的圣贤以及哲人学者所说，何尝能比这高明些，他们之所谓"将来"，不就是牧师之所谓"死后"么？我所知道的话就是这样，我不相信，但自己也并无更好解释……

我想，苦痛是总与人生联带的，但也有离开的时候，就是当睡熟之际。醒的时候要免去若干苦痛，中国的老法子是"骄傲"与"玩世不恭"，我自己觉得我就有这毛病，不大好。苦茶加"糖"，其苦之量如故，只是聊胜于无"糖"，但这糖就不容易找到，我不知道在哪里，只好交白卷了。

……我再说我自己如何在世上混过去的方法，以供参考罢——

一、走“人生”的长途，最易遇到的有两大难关。其一是“歧路”，倘若墨翟先生，相传是恸哭而返的。但我不哭也不返，先在歧路头坐下，歇一会，或者睡一觉，于是选一条似乎可走的路再走，倘遇见老实人，也许夺他食物充饥，但是不问路，因为我知道他并不知道的。如果遇见老虎，我就爬上树去，等它饿得走去了再下来，倘它竟不走，我就自己饿死在树上，而且先用带子缠住，连死尸也决不给它吃。但倘若没有树呢？那么，没有法子，只好请它吃了，但也不妨也咬它一口。其二便是“穷途”了。听说阮籍先生也大哭而回，我却也像歧路上的办法一样，还是跨进去，在刺丛里姑且走走，但我也并未遇到全是荆棘毫无可走的地方过，不知道是否世上本无所谓穷途，还是我幸而没有遇着。

二、对于社会的战斗，我是并不挺身而出的，我不劝别人牺牲什么之类者就为此。欧战的时候，最重“壕堑战”，战士伏在壕中，有时吸烟，也唱歌，打纸牌，喝酒，也在壕内开美术展览会，但有时忽向敌人开他几枪。中国多暗箭，挺身而出的勇士容易丧命，这种战法是必要的罢。但恐怕也有时会迫到非短兵相接不可的，这时候，没有法子，就短兵相接。

总结起来，我自己对于苦闷的办法，是专与苦痛捣乱，将无赖手段当作胜利，硬唱凯歌，算是乐趣，这或者就是糖罢。但临末也还是归结到“没有法子”，这真是没有法子！

以上，我自己的办法说完了，就是不过如此，而且近于游戏，不像步步走在人生的正轨上（人生或者有正轨罢，但我不知道），我相信写了出来，未必于你有用，但我也只能写出这些罢了。

EL. 三月十一日

夏与春

叶芝

我们坐在一棵老棘树下
把这夜晚闲谈打发
说尽了我们初见光明以来
所有讲过或做过的事
当我们谈到成长经历
才得知我们曾平分了一个灵魂

若现在让一半投入另一半的怀抱
那我们有可能让它再合为一体
说到这，彼得露出狰狞的表情
因为似乎他跟她
也曾聊过他们的纯真年代

就在同样的树下

啊，想当年那一树春芽的萌动

还有那鲜花的盛放

那时节我们拥有全部的夏

而她拥有全部的春

我的爱是可以牺牲一切的

郁达夫致王映霞

映霞：

这一封信，希望你保存着，可以作为我们两人这一次交游的纪念。

两个月以来，我把什么都忘掉。为了你，我情愿把家庭、名誉、地位，甚而至于生命，也可以丢弃，我的爱，总算是切而且挚了。我几次对你说，我从没有这样的爱过人，我的爱是无条件的，是可以牺牲一切的，是如猛火电光，非烧尽社会，烧尽己身不可的。内心既感到了这样热烈的爱，你试想想看外面可不可以和你同路人一样，长不相见的？因此我几次的要求你，要求你不要怀疑我的卑污，不要远避开我……

你的苦衷，我未始不晓得。第一，因为你还是一个无瑕的闺女，和男子来往交游，于名誉上有绝大的损失，并且我是一个已婚之人，尤其容易使人家误会。

所以你就用拒绝与我见面的方法，来防止这一层。第二，你年纪还轻，将来总是要结婚的，所以你所希望于我的，就是赶快把我的身子弄得清清爽爽，可以正式的和你举行婚礼。由这两层原因看来，可以知道你所最重视的是名誉，其次是结婚，又其次才是两人中间的爱情。

不消说这一次我见到了你，是很热烈的爱你的。正因为我很热烈的爱你，所以一时一刻都不愿意离开你。又因为我很热烈的爱你，所以我可以弃生命，弃家庭，弃名誉以及一切社会上的地位和金钱。所以由我讲来，现在我所最重视的，是热烈的爱，是盲目的爱，是可以牺牲一切、朝不能待夕的爱，此外的一切，在爱的面前，都只有如尘沙一样的价值。

真正的爱，是不容利害打算的念头存在于其间的。所以我觉得这一次我对你感到的，的确是很纯正、很热烈的爱情。这一种爱情的保持，是要日日见面、日日谈心，才可以使它长成、使它洁化、使它长存于天地之间的。而你对我的要求，第一就是不要我和你见面。

我起初还以为这是你慎重待事的美德，心里很佩服你，然而以我这几天自己的心境来推想，觉得真正的感到热烈的爱情的时候，两人不见面是绝对不可能的。若两个人既感到了爱情，而还可以长久不见面的话，那么结婚和同居的那些事情，简直可以不要。尤其是可以使我得到实证的，就是我自家的经验。我和我女人的订婚，是完全由父母做主，在我三岁的时候定下的。后来我长大了，有了知识，觉得两人之间终不能发生出情爱来，所以几次想离婚，但几次受了家庭的责备。结果我的对抗方法，就是长年的避居在日本，无论如何，总不愿意回国。

但我对我的女人，终是没有热烈的爱情的，所以结婚之后到如今将满六载，我和她同住的时间积起来还不到半年。因为我对我的女人，终是没有热烈的爱情的，所以长年的漂泊在外，很久很久不见面，我也觉得一点儿也没什么。从我自己的经验推想起来，我今天才得到了一个确实的结论，那就是现在你对我所感到的情爱，等于我对我自己的女人所感到的情爱一样。由你看来，和我长年不见，也是没什么的。既然是如此，那么映霞，我真真对你不起了，因为我爱你的热度愈高，使你所受的困惑也愈甚，而我现在爱你的热度，已将超过沸点，那么你现在所受的痛苦，也一定是达到了极点了。爱情本来要两人同等的感到，同样的表示，才能圆满的成立，才能有好好的结果，才能使两方感到一样的愉快，像现在我们这样的爱情，我觉得只是我一面的庸人自扰，并不是真正的合乎爱情原则的。所以这一次因为我起了这盲目的热情之后，我自己倒还是自作自受，吃吃苦也是应该的，目下且将连累及你也吃起苦来了。我若是有良心的人，我若不是一个利己者，那么第一我现在就要先解除你的痛苦。你爱我，并不是真正的由你本心而发的，不过是对我的热情的反响。我这里燃烧得愈烈，你那里也痛苦得愈深，因为你一边本不再爱我，一边又不得不尽你的对人的礼节，勉强的与我来酬酢。我觉得这样的过去，我的苦楚倒还有限，但你的苦楚，未免就太大了。

今天想了一个下午，晚上又想了半夜，我才达到了这一个结论。由这一个结论再演想开来，我又发现了几个原因。第一，我们的年龄相差太远，相互的情感是当然不能发生的；第二，我自己的丰采不扬——这是我平生最大的恨事——不能引起你内部的燃烧；第三，我的羽翼不丰，没有千万的家财，没有盖世的声誉，所以不能使你五体投地的受我的催眠暗示。

说到了这里，我怕你要骂我，骂我在说俏皮话讥讽你，或者你至少也要说我在无理取闹，无理生气，气你不肯和我相见，但是映霞，我很诚恳的对你说，这一种浅薄的心思，我是丝毫没有的。我从前虽因为你不愿和我见面而曾经发过气，但到了现在——已经前思后想的想破了的现在，我是丝毫也没有怨你的心思，就是现在我也还在爱你。正因为爱你的原因，所以我想解除你现在的苦痛——心不由主，不得不勉强酬应的苦痛。我非但还在衷心爱你，并且也非常的感激你。

因为我这一次见了你，才经验到了情爱的本质，才晓得很热烈的想爱人的时候的心境是如何的紧张。

我此后想遵守你所望于我的话，我此后想永远的将你留置在我的心灵上膜拜。我这一回只觉得对你不起，因为我一个人的热爱而致累及了你，使你也受了一个多月的苦。我对于自己所犯的这一点罪恶，认识得很清，所以今后我对于你的报答，也仍旧是和从前一样，你要我怎么样，我就可以怎么样。

映霞，这一回我真觉得对你不起，我真累及了你了。

……

映霞，映霞，我写完了这一封信，眼泪就忍不住的往下掉了，我，我……

达夫上

三月六日午后

给我一点点友谊，我就有理由活下去

夏绿蒂 · 勃朗特致康斯坦丁 · 埃热

致康斯坦丁：

泰勒先生回来了。我问他是否有我的信。“没有，一封信也没看见。”“再耐心点吧。”我告诉自己，“他的妹妹用不多久就要来了。”

泰勒小姐回来了。“我也没有埃热先生任何的消息。”她说，“没有书信，也没有口信。”这句话让我很是发愣了一阵。我问自己，如果要劝慰有类似遭遇的他人时应该怎样说？我会说：“你应该接受现实，最重要的是，不因不该由自己承受的痛苦而感到悲伤。”于是我尽最大的努力忍住眼泪，忍住抱怨。

可是，每当一个人忍住抱怨，试图用暴君的手段控制自己的真实感受，身体和内心会本能地掀起反抗，在平静的外表下，必然有更残酷的折磨作为代价。因此我夙夜难寐，不得安宁。每次刚刚入睡，就有梦魔来缠住我：我梦见您，对我疾言厉色，常常满脸忧愁，又对我生气。请原谅我，先生，原谅我再次鼓起勇气给您写信。如果我不努力减轻一点痛苦，这样的生活又叫人怎么忍受呢？

您看到这封信的时候，一定会觉得厌烦了吧：这姑娘又发神经了，总是思想阴暗，等等。也许您是对的，先生，我不想为自己辩解，我愿意承受所有的责难。我只知道，我无法承受的是彻底失去老师的友谊。比起被痛苦的悔恨撕裂，我宁愿去忍受眼下这种最强烈的生理痛楚。如果我的老师收回了他曾给予我的友谊，我就毫无希望了。假如他给我一点点友情——只需要一点点——我就既满足又快乐，就有了继续活下去、工作下去的理由。

先生，为了活命，穷人的所需并不很多，他们只求得到富人餐桌上的一点面包屑就足够了。如果连这点面包屑也得不到，饿死就是他们的命运了。同样，我也不需所爱的人为我付出完整深厚的情谊，如果真是这样，我也会不习惯，更会手足无措。在布鲁塞尔做您的学生时，您曾对我有过一点点关怀，我只想抓紧这一点点关怀，如同我珍视自己的生命般珍视它。

您也许会对我说：“我对你已没有什么关怀，勃朗特小姐。你已不在我的庇护下，我已经忘记你了。”那么，先生，请和我明说吧。这当然会是个巨大的打击，但却并不比心中糊涂更来得恐怖。

这封信，就这样写完，我不会重读它，就这样寄出去吧。我心里知道，要是那些冷酷而理智的人读了我的信，一定会认为它胡言乱语不知所云。那我真想他们也尝尝我忍受了八个月的痛苦，哪怕只一天。看到了那时候，他们是不是也会开始胡言乱语。

如果还有忍耐的力量，一个人就会继续在沉默中忍受下去。可是当他已经力不从心，就免不了吐露衷肠，而顾不上字斟句酌了。

祝愿我的老师幸福成功。

夏绿蒂·勃朗特

把你的名字写成歌词

王小坏致72路公交车上的那个女孩

72路公交车上的那个女孩，我不敢问你叫什么名字，我怕一开口就暴露肤浅庸俗的本性，你的周围至少有500个脸上长满青春痘的男生像我一样想问你的名字，所以我更不敢问，我不想做500个中其中一个，我是一个有涵养的傻货。

72路公交车上的那个女孩，你今天换了一个发型，一个偏偏的羊角尖，使你的纯洁多了一份天真，我坐在后排看着你傻傻的样子，心中是满满的矜持。你拿出诺基亚播了一首曲子，曲子的名字叫《你的样子》。你对我来说就是一个熟悉的样子，只是靠得再近都挤不出你的名字，可怜这缘分就这样自卑地死去。

72路公交车上的那个女孩，今天我和你坐在一起，我们的距离让我不敢大声地呼吸，不想让你感到我紧张的气息，你飘柔的发香让我迷失了自己，迷失在公交车第七排的那个位置。你简单自然，却又飘飘如仙，你让我在每个夜晚辗转难眠。不知是我的左手不小心碰到你的右手，还是你的右手碰到我的左手，让我紧张得像条小狗，赶紧缩回我的手肘，我怕我的丑，配不上你的手，只能在每个孤单的夜晚损耗我的右手。我想起了一句来自天堂的歌词：从那天起我讨厌我右手，从那天起我恋上我左手，为何没力气去捉紧这一点火花，天高海深，有什么可拥有？

72路公交车上的那个女孩，你没有性感的外表，也没有时尚的挎包，你只是穿一条紫色的裙子，背一个蓝色的书包，就是这个样子让72路公交车站看起来如此美好。你出现在每个8:20的清早，我多希望在这个车站与你相伴到老，只是这个愿望虚无缥缈，只求你扭头多看我一眼就好，真的，一眼就好。

72路公交车上的那个女孩，今天公交车很挤，中山北路急转弯的地方，你不小心抓了我的袖子，你说对不起，我说没关系，对白干净得像那个死跑龙套的台词。我们两个从来没有如此地靠近，只有两颗心的距离。我在摇摇晃晃的车厢中发现你眼角的悲伤，这让我控制不住因此而心碎：是什么样的魔鬼野兽会伤害你这么单纯的小羊？这绝对是一种荒唐。我拉着扶手站在你旁边摇晃，多想安慰一句：姑娘，你悲伤的样子也很漂亮。可是自卑的文艺之心让我无比彷徨。你两边的耳机掉了一个，我想是不是为我准备的，我多想大胆地拿起你胸前的耳机塞在我左边的耳朵，只怕你大叫非礼——那只是我优柔寡断的猜想。

72 路公交车上的那个姑娘，原谅我把你的名字取得那么长。不知道你的人生发生了什么情况，这个秋天再也没有看见你的模样，只有公交车站飘下一片黄色的叶子，落在我的肩膀。这个城市每天都很疯狂，欠缺缘分的两个人容易东张西望，各自有各自的悲伤。公交车严肃的表情，是整个上班族的现实。你不知道我为什么不敢开口问你的名字，那是因为我的青春是个卑贱的故事，我只能想着你坐车的样子，把你的名字写成歌词。

还清了债，买了一身衣服，在前程似锦的早上醒来

宋小君致三十岁的姑娘

你好，三十岁的姑娘，见字如面。

你三十岁的生日，朋友们一起给你过。喝了不少。酒后，你就爱说话，该说的、不该说的你都往外说。

你说，眼角有鱼尾纹了，皮肤不白得晃眼了，洗澡前对着镜子，总觉得身材没有以前好了。少女心爆发的时候，有人嘲笑：你都多大了，怎么还跟个小女孩似的？

父母催婚了，他们习惯于计算虚岁，去年你就三十岁了，三十这个数字让父母如临大敌。

什么时候觉得自己老了？

你说，在父母的焦虑和催促里，你真觉得自己老了。

你说，你不好骗了。别以为“不好骗”是件好事，男人总是喜欢容易骗容易哄的小姑娘。不好骗就意味着你吸引的男人呈几何级数减少。男人会觉得你有味

道，你好看，但对你会有畏惧，他们在三十岁的女人面前，总是不如在二十来岁的女人面前自信。

你说，你挣到钱了，不再像刚毕业那会儿那么苦了。可也把大部分的钱都花在了买衣服和护肤上，你嘴上说着从来不怕自己老，但每天晚上做面膜的时候总是心有余悸。世界对女人的残酷，就是凋零她，像大自然凋零一朵花。反正大自然里的花多的是，你再好看，也只是其中一朵。

你说，你也不记得多久没有像个小女孩一样靠在男人肩膀上撒娇了。在生活中，你学会了许多技能，你可以一个人搞定父母的保险、难缠的甲方，买了房子，还着房贷。你能换保险丝，能通马桶，在闺蜜失恋伤心的时候，你男友力爆棚。

你在能力上越来越强大了，可不知道怎么了，心里却越来越柔软了。

你在卫生间审视许久没有被翻起来的马桶圈时，心里会泛起一股伤感。

在逛街的时候看到一对年轻情侣激烈地吵架，你会想起一段往事，然后默默地计算了一下时间，毕业都快十年了。时间可真快啊。

在收到比你小的女孩寄来的结婚请柬时，你第一个想到的不再是要随多少礼金，而是怎么连她也结婚了？她才多大啊？

你比二十来岁的时候更需要温柔和爱了。

那时候，你觉得自己年轻好看，未来充满无限可能，你觉得自己可以承担一切。

可是现在你有些恐惧，你总想着依赖一个人，却又不知道该依赖谁。

你总喊着累，尤其是在结束了一天的工作，躺在床上，敷着面膜，看着无聊电视节目的时候。

听你说完这些，我所能做的，就是给你写一封情书。

女人对时间的敏感是天生的， 怕老恰恰是女人变漂亮的动力。

我知道你在计算自己还有多少青春，你怕你青春用尽的时候，你会失去很多。

但是，请你也不要忘了，你在失去青春的同时，也拥有了许多你曾经梦寐以求的东西。

我来说给你听。

你拥有了越来越温柔的一颗心。

柔情似水，这件事男人可能永远做不到。

女人比男人更容易变成文学。

对待这个世界，你眼神里常存悲悯了。

你吸引的可能不再是乳臭未干的小男生，你吸引的可能是想要保护你的男人了。

在女人身上，比起柔弱，坚强反而更能激发男人的保护欲。

要知道，女人成长了，男人也在成长啊。

男人也不再是没有担当、只顾着玩游戏的小男孩了。女人或许比男人早熟，但过了二十五岁，男人比女人成长得更快，不然就配不上越来越温柔的女人了。

你越来越宽容了。

曾经或许还有小性子，也会耍一些小心机，会计较许多、计算许多。

但三十岁了，你似乎觉得除了爱与被爱，其他一切都可以让位。你觉得那些你曾经无法容忍的缺点、错误，也都可以原谅了。

你越来越单纯了。

人其实不会随着年龄的增长而变得复杂，反倒是年纪越大，看待事物就越简单，越单纯。

爱情里，无非是爱不爱，够不够爱。

生活中，无非是敢不敢，要不要。

越简单的情感，越能打动你。甚至和你相处，已经不需要那些蹩脚的技巧，只要对你足够喜欢、足够坦诚，就够了。

你散发出母性来了。

或许你并不自觉，但母性的光辉已然闪亮。

你会喂你楼下的流浪猫，你会给吃不上饭的孩子捐钱捐衣服，一则社会新闻也会惹下你的眼泪来。你看到父母的老态了，你看到男人的疲惫了，你看到你年轻时从不注意的那些细节了：譬如上司也有她的难处，刻薄的同事也有脆弱的时刻，曾经伤害你的男人也不是那么混蛋了。

你会想象，将来你孕育了一双儿女，你该怎么教他们，把他们变得更好。

你有你越来越成熟的人生观了。

人生是自己的，如人饮水，冷暖自知。

你不愿意和别人穿一样的裙子，当然也不愿意和别人过同一种人生。

那就且由他们，由他们去，心里知道自己要什么了，剩下的，就是等他来。

世上的事，分两种：

一种是能改变的。我们要为之拼命努力，付出热情和青春，做了就不必后悔。

一种是改变不了的。我们就在得到和失去之间找到一个平衡。

找到了这个平衡之后，我们就选择平和接受，该来的，总会来的，不妨就耐心地等着，来了，就请坐下来，沏一壶茶，Shall we talk？

我想把菲兹杰拉德写的那句话送给你，就如同在说我们每一个从糟糕状态中挣脱出来的人——还清了债，买了一身衣服，在前程似锦的早上醒来。

姑娘，三十岁，快乐。

你有意思的好朋友
宋小君

你一天到晚在干些什么呢?

拿破仑致约瑟芬

致约瑟芬:

我不爱你，一丁点也不，相反，我讨厌你——你这个淘气、笨拙的灰姑娘。你不给我写信，你不爱你的丈夫。明知道只消一封信就能让他快乐，但你就是连六行潦草敷衍的字都不给他写。

我的女士，你一天到晚在干些什么呢？是什么重要的事，使你竟然忙得抽不出时间给你忠实的爱人写封信？是什么新的感情，窒息和排挤了你承诺给你丈夫的温柔而忠诚的爱情？到底是什么样的新情人，竟然那样特别，能把你的分分秒秒、每天每夜都霸占了，就是不让你对我略表关心呢？约瑟芬，你要当心，在某个美丽的夜晚，我会破门而入。

我的爱啊，没有你的消息，我实在坐立难安。马上给我写一封四页纸的信过来，充满甜言蜜语的信，让我心中充满温情和欣慰。

希望用不了多久，我就能把你紧紧揉碎在怀中，吻你千万次，就如赤道般炽烈。

波拿巴

1796 年 *11* 月 *13* 日于维罗纳

我在珠穆朗玛峰向你表白

付圣强

农历七月初七，中国传统情人节，传说这天是牛郎织女约会的日子。在这个世界海拔最高几乎离银河最近的地方，我坐在你的旁边，在颠簸的行程中写下如下这段话，此刻我是忐忑的，希望你能看完。

不知道从什么时候开始，我喜欢上了你。如果非要说是哪一个瞬间，我想可能是我们在入藏火车上玩桌游，你兴奋地说 UNO 的时候吧；可能是在从羊湖回来的车上，你无意间依偎在我肩膀上的那十一分钟吧；也可能是当我们发现“新大陆”时，你说好酷的时候吧。总之在通宵玩真心话大冒险的那夜之前，我已经喜欢你很久了。原来，喜欢一个人，时间会静止。那晚，我抽到的一个真心话问题是“有没有梦中情人”。其实在遇到你之前的四年，是没有的。明明是你，但我却说不能说，还没到时候。其实，我真的好想让全世界都知道我喜欢你，可是我没有勇气。有人说，喜欢一个人是自卑的开始，原谅我没有勇气亲口告诉你，在心底练习了千百遍，向你表白的情话最后还是婉转变成了书面语言。

遇见你，是我最美丽的意外。我曾盼望与你相遇，就像盼望一场美梦永远不会醒来。遇到了你，我开始幻想这段旅程永远不会结束。我生命的前二十年，似乎都过着三点一线式的固定生活，遇到你之后，我开始期待每一个明天。如果有人要问我什么是我最快乐的时刻，那就是遇到你的这些天，这些天的每一分每一秒。旅行也许并没有我们想象中那么迷人，但在时间洪流中，印象里的风景不再清晰后，我分明瞥见你在我的记忆里旅行，每一步都很动人。人们常说，美梦终会清醒，相遇终有分离。而我，想和你永远在一起。原谅我就是一个如此贪心的人，不仅盼望与你的相遇相守，还渴望与你的记忆相织相融。所以趁七夕佳节，终于鼓起勇气与你表白。

初恋结束也有四年了，爱情什么味道，我已记不清，甚至怕伤不起不敢再去爱，直到遇到你。我无法定义爱情是什么，我只是单纯地喜欢两个人做一件事儿。无论做什么，只要能和你在一起，我都会感到幸福。你喜欢吃零食，如果可以，我们就天天去超市采购，每天抱一大堆你喜欢的零食回去，和你一起回味童年；你喜欢玩游戏，如果可以，我就和你一起闯关，分享消除水果和 *2048* 的乐趣；你喜欢吃水果，如果可以，我就洗好最新鲜的水果放在面前，你想吃时随时递到你的手里，即便是榴梿，我也可以和你一起品尝；你喜欢追美剧，如果可以，我想和你追同样的美剧，第一时间下载更新给你，和你一同看着屏幕发笑或忧伤。如果可以，我还想和你一起环游世界，在地球的每一个角落都留下我们的足迹；如果可以，我还想和你一起看电影，我们每周都去看一场首映，即便是你喜欢的国产都市言情片，我也会一直陪着你；如果可以，我还想和你一起熬夜看至少十次世界杯，我们穿着相同的球衣，脸上画着五颜六色的国旗，桌上摆满零食和大杯的扎啤，为各自喜欢的球队呐喊助威，为他们的胜利欢呼，为他们的失败而落泪。如果可以，我还想和你在万里无云的星空下数星星，我希望在璀璨的银河中找到一颗闪亮的无名星，用你的名字给它命名。如果可以，我还想拿起手中的相机，拍下你每一个迷人的瞬间，给我们的青春留下无穷的记忆。如果可以，我还想陪你去看喜欢的演唱会；如果可以，我还想让你陪我一起追话剧；如果可以……我还想要的实在太多太多。但至少，前面说过的这些我现在都能做到，我会给你一个不一样的大学生活。

在写这些话的时候，我想到了王小波的《爱你就像爱生命》，我没有那样一支生花妙笔，写不出那般惊才绝艳的情句，只能默默地告诉你：我比上一秒更爱你。希望以后的日子里，能有幸陪你一起度过。

做我女朋友好吗？

也许，我永远无法陪伴如此迷人的你；也许，你终究不会属于一无所长的我。或许这段旅程结束我们就要分别，很可能后会无期。我好怕旅程结束，再也不会和你有任何交集，或许你一点也不喜欢我，对我一点感觉也没有。如果这样，也没关系，喜欢可以是一个人的事情，我喜欢你就好了。只希望没有打扰到你。哪怕能给你一点点的感动，让你在海拔五千多米的高原山地，也能心生一丝温暖，这就够了。

二十三岁之前，我做过的最疯狂的事，就是七夕之夜，我在珠穆朗玛峰向你表白。

海鸥绕着桅樯，像是依恋不舍

瞿秋白致杨之华

之华：

临走的时候，极想你能送我一站，你竟徘徊着。海风是如此的飘漾，晴朗的天日照着我俩的离怀。相思的滋味又上心头，六年以来，这是第几次呢？空阔的天穹和碧落的海光，令人深深的了解那"天涯"的意义。海鸥绕着桅樯，像是依恋不舍，其实双双栖宿的海鸥，有着自由的两翅，还羡慕人间的鞅掌。我俩只是少健康，否则如今正是好时光，像海鸥样的自由，像海天般的空旷，正好准备着我俩的力量，携手上沙场。之华，我梦里也不能离你的印象。

独伊想起我吗？你一定要将地名留下，我在回来之时，要去看她一趟。

下年她要能换一个学校，一定是更好了。你去那里，尽心的准备着工作，见着娘家的人，多么好的机会。我追着就来，一定是可以同着回来，不像现在这样寂寞。你的病怎样？

我只是牵记着。

可惜，这次不能写信，你不能写信。我要你弄一本小书，将你要写的话，写在书上，等我回来看。好不好？

秋白

7月15日

如果你累了，你就慢些，我再快些

刘墨闻致未来的爱人

我的妻：

见字如面。

许久不曾给你写字，博客也未更新。是的，答案依旧，生活过于忙碌，连黯然神伤的时间都要想方设法地挤出来。忙到脱节，到麻木，到发不出任何的声音。

最近工作上忙得厉害，做起事来不要命，加班，学习。也特别喜欢一个人安静地待着。

有时趴在床上许久不动，有时看一部纪录片许久不眨眼，有时一个人去看午夜场电影，坐在空空电影院的中间，从表情默默，看到面目尽湿。按时吃饭，也不记得吃的什么，买了衣服许久，却连包装袋都没打开。你还没来的日子，有时我觉得一团糟。

可是一想到你会在未来的某天来提醒我这些细节，我的心就觉得温暖而饱满。

数日前奔赴广州，同行的其他人一起去外面吃饭聚会，我一个人在宾馆里打开电视，看娱乐节目，被相亲节目的一对男女嘉宾所感染，感受到一种很久都未体验的名为爱情的东西。所以原谅我，我只是一个人太久了，遇见你时还请你敲敲我的头提醒一下：你到了。

不知道你有没有这样的感受：反复想念一个人的模样时，他的轮廓反而更加地模糊？但是我知道于我来说，你的身姿体态会像一卷画，让我的生活色彩万千，也跌宕起伏；你的笑声会传进我的梦境，如同你蒙住我双眼时绕我脖颈的每一缕青丝，温柔而致命，仿佛每一口呼吸都与你有关。脑海里会编织与你有关的镜头，发生过的循环播放，未曾发生的准备开机。甘心和你林间做伴，淡看尘世，纵情贪欢。

我也知道我遇见你时，应该会有多狼狈，是的，我向你奔跑时，时间的计算吝啬到分秒，我怕你在路的中央摇晃，我怕你被雨淋而不知躲避，我想了无数种情况勒令自己变得更好。所以，我在奔跑时也没有过分考虑到自身的容色与打扮，只求你看见我时切勿嫌弃。愿你抿嘴一笑，用手触摸我憨厚的棱角，阅读岁月在留下的每一块痕迹与胡茬中，藏下的眼泪与艰辛。在遇见你时，这些都愿化作你的嫁衣与婚词，只为我能迎娶你。在那个时刻，我将不必再多说为寻你的千辛万苦，只是牵起你的手温存地唠叨一句：亲爱的，我到了。

而我也深刻明白，我不仅仅是遇见你，更是开始了一种新的生活方式。岁月要我们在经历了那么久的起伏后才明白，两个人少些许挑剔，便多些许珍惜。房子的大小请允许我量力而行，但是我保证你会有一个坚实的肩膀，缓解城市的疲惫，承担你的重量。请允许我不太会娱乐，你不在的日子里我与纸张植物为伴，我不喜烟酒，甚至连一个完整的电脑游戏都不会玩。原谅我对这些东西欲望的寡淡，但我热衷文化与艺术，并且也喜爱你所喜爱的。请允许我质地古朴，即使在家时也偶尔工作，我想两个人为结婚打算并不代表生活趋于平淡，只是追求理想的方式变得内敛。

你看，我们的梦想出入现实时也是一双一对地做伴。我们一起照顾彼此的父母，教养膝下的儿女，从朝阳冉冉，到暮色四合，日复一日，岁岁年年。

青春里总有一段难熬的日子，流浪的时候总是勇敢地四处碰撞，疼就哽咽，痛也忍耐。在蓦然回首的痛楚里，我枉然猜测，你是不是也在人群中，迫不及待地盼望我，在被现实挤压到角落之前，挣扎着，殷切着。我说我的爱人，我唯一的床伴，请闭上眼，逆流的人群与你无关，卸下岁月与生活的羁绊，那些现实的污浊与昏暗你别看，你只需避开最难走的路，在遇见我之前，保留爱的能力，用来对付你我共同的一生。

此时此刻我敲下这些字，未来的某一天等你来验证此时的你，在何方，在作甚。

但是无论你在哪儿，在干吗，我的妻，如果你累了，你就慢些，我再快些。

墨

我想和你一起生活

叔离

姑娘：

你听我说。

我原以为相遇一定是入诗入画，成歌成曲。要闹市马蹄下救人，荒山破庙中避雨。是英雄救美，道一声得罪。是火堆取暖，听一夜风雨。要游园忽闻佳人笑，转头又见桃花开。是万朵桃花都失色，是十里春风总不如。是你一颦一笑一回眸，要我灯火阑珊千百度。是可作歌可谱曲，要这样诗情画意。

后来我以为相遇一定是这辈子必定会推开的一扇门。门后面是万里明媚，百草欣荣。是小哑巴拿着波板糖，四目交接，眼波流转。见到就知道，相逢如重逢。推开这扇门，用尽一身的力气和一生的运气。知道门的那边有你，就什么都不再保留，拼尽全力。是这样毫无顾忌。

再后来我以为相遇一定是一场无限期有目的的旅行。要披星戴月，披荆斩棘。要历经岁月的沧桑和尘世的烦扰，要忍受沉默的世界和空荡的长街。要坐错车下错站，要哭过长夜要难以入眠。

是翻过篱笆高墙，站在你面前。是迎着风雪，站在你面前。是假装有缘，站在你面前。是无数次巧合，才骗得一个驻足。要这样真实。

我原先以为是我在茫茫然寻找，是听着风来自地铁和人海。是过尽千帆，整理千次发型。虽然等待的时间无比慢无比长，但知道你会来，便等得。就是这个道理。

可姑娘，爱情哪有什么道理？

什么诗情画意，什么命运之门，什么等待、旅行，全是放屁。

直到我遇见了你。

我只觉得冬天再不要穿得臃肿，去见你必然要刷牙洗头。睡前醒后会想到你，出门回家也会想到你。感冒上火想告诉你，看到下雪花开也想告诉你。我想留下所有的蛋糕，就是因为多了一个你。

就是因为多了一个你，我觉得便去何处都可行，便是何种相遇都可行，不需要以前想的那样画意、那样浪漫、那样真实。

都不需要了。

我曾以为我摒除杂念，便足以明悟真谛。是有了风花，雪月自当出现。是应了景，自当涌现该有的情怀。我曾以为我见到了红线，就摸到了姻缘。

还是想得太过简单。

才知道，倒了一杯热水，还没凉，就渴了。事情哪有那么多巧合，那么多姻缘天定？是要自己去拼凑路灯和街景来完成浪漫。

突然想到，世间安得双全法，不负如来不负卿。遇到了，你便和信仰一般重要，世间最珍贵的东西也就和你五五开。舟济人过河，你济我度世。

不过还好，还好在二十出头见到你。

有了牵你手的梦想。一生说起来漫长，却不足以陪着你去看大漠孤烟长河落日，去听山风满楼雨雪落窗。想要和你一起体验种种未知，思念与爱恋。要你靠在我肩上。你看风景，我看你。

姑娘，这铺满群星静寂的夜，透过窗缝低吟的风，都不是我想你的理由。这老旧台灯晕开柔和的光，爬满字迹透着局促的纸张，都不是我想你的方式。

都不是。

我想起以前四处找你，在对面的房间，小巷深处的窗户。在等车时的空隙，看看路的拐角。在十字路口，在我的身后。明知道你不在那里。

也有人想替我找到你，但假如只是要找个驱赶寂寞的人，找谁应该都可以。但是在那些群星都坠落的夜里，我骗不了自己。

没想到你就这样没伴随光影、没身披祥云地出现了。

那天是不是风晴雨停、春闹枝头我不记得了，是不是宝马香车、灯火阑珊我也不记得了。大概这辈子也都不能忘记你了。

不，该是一定忘不了。

我该说些坚硬的话，像冬雷夏雪乃相离，或该说些圆转的话，像执子之手白头不离。总归是要说些什么。我怕等青春潦草成过往，再没有心境没有时机坦陈心迹。怕我踏遍青石桥等你，你撑油纸伞而来，又坐乌篷船远去。

那可太遗憾。

姑娘，我说了这么多，也不过就是五分悸动，三分激动，两分酸气，一颗真心。若你能看到这里，我也十分感激。

茨维塔耶娃说，我想和你一起生活，在某个小镇，共享无尽的黄昏，和绵绵不绝的钟声。

我也如此想着。

可我还是想要对你讲出一个蹩脚的开场白

肖科

你好，我叫肖科，心理学院11级。我想我们已经见过面了，不止一次。

我们第一次见面是在“挑战主持人”比赛的现场，你是工作人员，我是大众评审，你打我的电话，我匆匆赶来。见你第一面我就惊着了，因为你太好看了。

第二次见面是在去图书馆的路上，我从田家炳出来，正好和去图书馆的你相遇。那是冬天，阳光很好，你穿着一件小夹克、紧身牛仔裤，打扮得好像rocker，好cool。

第三次见面是在心理学史的课堂上，我打了一个肯定会输的赌，但我高兴，因为输的结果是你要来蹭课。那九十分钟我没有和你说一句话，我装模作样地看书，可是，九十分钟啊，我的书一页都没翻。我甚至可以感受到你的呼吸，你就坐在我的正后方，我却不敢回头看你一眼。

第四次见面是在露天电影场，新生歌咏比赛正在彩排，是的，我们已经变成学长学姐了。你带领着你们学院的一帮小姑娘从我身边走过，扑啦啦像是一群蝴蝶飞过。

第五次见面是在佑铭体育场的主席台前，我正在给我们院的运动会入场式调试音响，一抬头就看见你们学院的方阵敲着腰鼓、着一身红向我袭来，真喜庆啊。我看见你在队伍的中央，我记得你敲错了一个鼓点吐着舌头的怪模怪样。红绸带衬着红脸庞，放着光。

第六次见面是在西区集贸的水果摊前，橘黄色的柔和灯光下你专注地挑着水果，静谧又美好。你买好了水果，礼貌地和水果摊的叔叔阿姨道了别，最后冲我笑了一下。那个笑容，比我吃过的所有冰糖橙都要甜。

第七次。

第八次。

第九次。

我们好像已经见过不少面了，我们甚至可以笑着打声招呼。

可我还是想要对你讲出一个蹩脚的开场白：

你好，我叫肖科，心理学院 *11* 级。

你要是嫁给我，就得牺牲这衣裳

老舍致胡絜青

你父亲是佐领，我父亲只是护军；你是大学毕业，我只念了中学；你是娇小姐，而我是个粗人，我同你不般配。你要是嫁给我，就得牺牲这衣裳，起码你得能跟我过穷日子，天天吃窝头。你要想像个阔太太似的天天坐汽车，我给你做跟包，那都不可能……我不能像外国人似的，在外面把老婆捧得老高，回家就一顿打……我不会欺负你，更不会打你，可我也不会像有些外国男人那样，给你提着小伞，让你挺神气地在前头走，我在后头伺候你。

我只要你稍微有点欢喜我，就已心满意足了

朱生豪致宋清如

青女：

我不很快乐，因为你不很爱我。但所谓不很快乐者并不等于不快乐，正如不很爱我不等于不爱我一样。而且一个人有时是“不很”知道自己的，也许我以为我爱你，其实我并不爱你；也许你以为不很爱我，其实很爱我也说不定，因此这一切不必深究。如果你不接受我的欢喜，你把它丢了也行，我不管。因为如果你把“欢喜”还给我，那即是说你也得欢喜我，我知道你是不肯怎样很喜欢我的。你以为你很不好也罢，我只以为你是很好的。你以为将来我会不欢喜你也罢，我只以为我会永远欢喜你的。这种话空口说说不能令人相信，到将来再看吧。我希望我们能倒转活着，先活将来，后活现在，这样我可以举实在的凭据，打倒你对我的不信任。

我永远不恨你骂我好不好？

不准你问我要不要钱用，因为如果我没钱用而真非用不可的时候，我总有设法处理的。要是真没有设法处理，我也会自己向你开口的。此刻我尚有钱。

兄弟如有不好之处，务望包涵见谅为荷！

以后我每天或间一天给信你，你每星期给一次信我，好不好？其实我只要你稍微有点欢喜我，就已心满意足了，我相信你终不至于全然不喜欢我，有时你说起话来带着——不说了。

我发疯似的祝你好！

丑小鸭

我想睡觉，和你一起

萧伯纳致爱兰·黛尔

我在想，你是否有机会读到这些潦草的字迹。我想到你楚楚可怜的双眼，本决心把这封信撕毁。然而我远眺窗外的乡村景色，夜色温柔，满目凄荒，便再也无心读那本讨厌的书了……是的，爱兰，你猜对了，此刻我相思成疾。我日夜无眠，焦躁不安。男人的焦躁不安总是因为女人，而我焦躁不安是因为爱兰。

夜深了，我独自一人在旅程中，我觉得提不起精神，我想睡觉，和你一起。

但你可知这种行为有什么后果？次日午时，阳光和煦，鸟儿开始唱歌，你心里将产生一个难以抵御的念头。你会想要飞入森林，在那里，惶恐又愤恨地生下一个婴儿，而这婴儿会马上展开他的一双翅膀，远远飞走；在你还来不及站起来抓住他的时候，一个接一个的婴儿不断地出生——几百个婴儿；后来他们和你一起飞到一个幸福的国度，他们将变成你可爱的、强壮的儿子，你们会创造出一个神圣的种族。

你不喜欢做自己孩子的母亲吗？如果你是我的母亲的话——我还有许多别的话要告诉你，可是现在我们的车子已经驶到红山了。

乔治

错错错　莫莫莫

陆游致唐琬

红酥手，黄縢酒，

满城春色宫墙柳。

东风恶，欢情薄。

一怀愁绪，几年离索。

错、错、错。

春如旧，人空瘦，泪痕红浥鲛绡透。

桃花落，闲池阁。

山盟虽在，锦书难托。

莫、莫、莫！

难难难　瞒瞒瞒

唐琬致陆游

世情薄，人情恶，

雨送黄昏花易落。

晓风干，泪痕残。

欲笺心事，独语斜阑。

难、难、难。

人成各，今非昨，

病魂常似秋千索。

角声寒，夜阑珊。

怕人寻问，咽泪装欢。

瞒、瞒、瞒！

一朵雪莲，为何开在天堂?

小狐三问致安子

安子：

时间过得真快，有一句话怎么说的？“光阴似箭，日月如梭”。安子，你去遥远的天堂已经太久了，以至于我现在想起你的样子来，感觉有些费力，不过，我还是绞尽脑汁，努力地在心里把你的模样拼凑：大眼睛，高鼻梁，长辫子，高挑的身材，白嫩的皮肤，最有特点的是厚嘴唇，说话温柔，唱歌悦耳，叫起我的名字还是扒皮扒肉。

本来，你去那边，是没有和我商量过的，就好像嫦娥姐姐一样，去月宫里没有和后羿商量，就偷偷一个人去了。你去的时候，吃的药也和嫦娥姐姐差不多，长生不老药。身子都是轻飘飘的，朝着那个有清风的方向去的。

后羿即使有射落九日的本事，也没有追回他的嫦娥，何况我只是一个手无缚鸡之力、百无一用的书生，连最后见你一面的机会都没有赶上。

我去的时候，该走的人都走了，只有一个新的土堆堆，还带着新土的芬芳，孤零零地守在我们两个约定私奔，却没有胆量成行的山头。有人说，那是你去天堂的必经之路，我等了三天三夜，也没有看见你因为想念我而回头，我好傻，我真的相信天堂有路。

以前，我总是说你太小，没有长大，长大了我就可以用八抬大轿、锣鼓唢呐、凤冠霞帔来娶你。你的眼睛总是喜欢盯着我，眨呀眨，犹如一朵冰清玉洁的雪莲花，在我的世界里肆意地绽放，淡淡的幽香，让我忘记你到底是我的女人，还是一朵雪莲花。

我真的没有等到你长大，你十七岁不到，就在我的视野里消失，从此再没有关于你的消息，好的、坏的，欢喜的、忧伤的，都没有。

那时候，我写诗给你，你总是说太深奥，难懂，我就一直不敢写了。今天我发现汪老师有一首诗，简单易懂，所以我就抄过来，寄给你。

只要彼此爱过一次

如果不曾相逢
也许，心绪永远不会沉重
如果真的失之交臂
恐怕一生也不得轻松
一个眼神
便足以让心海，走过飓风
在贫瘠的土地上
更深地懂得风景
一次远行
便是憔悴一颗，孱弱的心
每望一眼微水秋澜
便恨不得，泪水盈盈
死怎能是，从容不迫
爱又怎能，无动于衷
只要彼此爱过一次
就是无憾的人生

安子，我记得我一直没有给你写过信，更别说写情书了。我总是觉得你太小，我文绉绉的情书你看不懂，不能很好地表达我的爱，让你需要费尽心思来猜。

一拖再拖，一不小心，都过去二十几年了。你应该长大了，长得如我的女儿一样，青春、阳光、漂亮、聪明，甚至还有点任性、调皮，反正都是我喜欢的那个样子。

我厚着老脸豁出去，给你写了一封酝酿了二十多年，准备了大半生的情书。

安子，你长大了，应该看懂了我写给你的情书，知道我一直都是爱你的。不过我还是有些不明白，想问你，你这朵冰清玉洁的雪莲，为何要开在天堂，我的目光到不了的远方？

我的手真的不够长，不能拥着你，细细地看，一遍，又一遍……哪怕已经过去几十年，即使我还是那样爱你。

趁空气尚好，阳光免费，世界和平

尹沽城致荣荣

I

吻醒你。落地窗前溢满阳光。

我在平底锅上煎两颗五分熟鸡蛋；

草莓酱抹在烤到金黄的面包片上；

两碗清粥；一碟小菜——这是我们的早餐。

书房里放着舒伯特的钢琴曲，不一定懂，但热爱这氛围。

伸个懒腰，抱紧你。

天蓝得过分，望见海鸥。

如果有摇篮，最好能听见婴儿的啼哭。

II

沙滩上增刻两排脚印。

初阳升起，读书的间隙瞥见海里的你。

彼此自洽地做着喜欢的事。

你在笑，门牙靠右的第三颗牙齿还留有我的气味。

读完这一章，我就下海陪你。

还不曾海下接吻。这是个机会。

III

写字的手起了新茧，仍贪婪地牵你。

度假村里的书桌上，留下大量的手稿笔记。

余暇，一起做热腾腾的火锅和鲜美的排骨汤。

你用我的勺，我架起你的筷子。

羊肉尽可能切薄；鸭血和冻豆腐多放；特制蘸料——

我的食欲只在有你的餐桌才像一个三十四岁的男人。

IV

慵懒地躺在床上，相拥而眠，

睡到窗帘有午后阳光的味道。

养一只乌龟和温顺的秋田犬，带它们散步。

准备烤肉和傍晚必备的心情，说一句“我爱你”。

如果下雨，我就为你跳一支蹩脚的舞；

如果天晴，我会听你唱一首歌。

V

缩在沙发上的夜晚，我们看着墙壁上干净的电影。

冷风吹过，为你盖一席毛毯。

倘有合适的电视剧，也可以喝着果汁，像个孩子，

担心剧中人物的命运。

星星安静，我唤你的名字。

你问我，怎么了？

我说，没事，我就是想你了。

VI

塞纳河畔的青荇在水下招摇。我们的小船经过。

我为你读一首无名情诗，用刚学的蹩脚的法语。

你在我的镜头中，留下唯一的巴黎。

左岸的中国书店有一个大胡子老板。他尽情地说着普通话。

他请你吃蛋糕。我请他抽一支久违的红河。

如果这是爱情，我愿意这是爱情。

VII

新买的单反摄满你与威尼斯日落的合影。

我轻唤着你的小名，矫正姿势，等到喷泉涌起，

摁下快门。你喜欢的城市，要有你。

你喜欢的人，在懂你。

我们出发的时候，没有定下归期。

VIII

雪下满长安街。迎着橙黄色的路灯，
在凌晨两点十五分相拥的我们，唠叨着与风景不谐的家常话，
和锅里即将炖好的红烧肉。
孩子在奶奶家睡觉。起夜时，与我们视频。
嘟囔的小嘴咬字不清。我们决定，下一个天明，
回家。带上满车的玩具和四岁儿童的新衣。

IX

村里的道路依然泥泞。

饭桌上早已摆满红烧茄子、土豆糊糊和干炸蘑菇，

以及你爱吃的腌制酸菜和牛肉水饺。

炕头很热，暖气也可以，电视里放着合家欢的电影。

我们都在笑。玻璃上的热气久久不散。

饭后，酣睡一觉，再去你家拜访。

和父亲谈历史，帮母亲下厨，听弟弟唱歌。

X

我们会老得不像话。

趁空气尚好，阳光免费，世界和平，

努力爱着。爱每一个平凡细节，

爱每一个鲜活生命，

爱每一次确信这就是幸福的生活，

和独一无二的你。

尹沽城

2017.08.28

总算两个灵魂如琴弦似的互相调谐过

萧红致萧军

军：

我今天接到你的信就跑回来写信了，但没有寄，心情不好，我想你读了也不好，因为我是哭着写，接你两封信，哭了两回。

这几天也还是天天到李家去，不过待不多久。

我在东安市场吃饭，每顿不到两毛，味道极佳。羊肉面一毛钱一碗，再加两个花卷，或者再来个炒素菜，一共才是两角。可惜我对着这样的好饭菜，没能喝上一盅，抱歉。六号那天也是写了一封信，也是没寄。你的饮食我想还是照旧的，饼干买了没有？多吃点水果。

你来信说每天看天一小时会变成美人，这个是办不到的，说起来很伤心，我自幼就喜欢看天，一直看到现在还是喜欢看，但我并没变成美人。若是真也，

我又何能东西奔走呢？可见美人自有美人在。（这个话开玩笑也）

奇是不可靠的，黑人来李家找我，这是她之所嘱。她和李太太、我三个人逛了北海。我已经是离开上海半月多了，心绪仍是乱绞，我想我这是走的败路，但我不愿意多说。《海上述林》读毕，并请把《安娜·卡列尼娜》寄来一读，还有《冰岛渔夫》，还有《猎人日记》。这书寄来给洁吾读，不必挂号，若有什么可读的书，就请随时寄来，存在李家不会丢失，等离上海时也方便。

我的长篇并没有计划，但此时我并不过于自责："为了恋爱，而忘掉了人民，女人的性格啊！自私啊！"从前，我也这样想，可是现在我不了，因为我看见男子为了并不值得爱的女人，不但忘了人民，而且忘了性命。何况我还没有忘了性命，就是忘了性命也是值得呀！在人生的路上，总算有一个时期在我的脚迹旁边，也踏着他的脚迹。总算两个灵魂和两根琴弦似的互相调谐过。

笔墨都买了，要写大字。房子有是有，和人家就一个院不方便。至于立合同，等你来时再说吧！

祝你好！上帝给你健康！

荣子

请你不要卖弄风情，过于俗气

普希金致冈察洛娃

我的心：

谢谢你，昨天收到了你的两封信。但我必须得指出这两封书信中的问题：你在信里的言语，让我觉得你似乎还有点想继续卖弄风情——你应当清楚，这种举动是不体面的，只会被人看作是家风不良，对你没有好处。

你乐于见到男人们对你展开追求——一个人要是为贪图享乐找理由，便总会找到！不仅是你，就连彼得洛夫娜也总是让一切无赖的未婚男子跟在鞍前马后。猪圈只要存在，群猪便自然要涌进来。那些求爱的男人，你为什么要在家里招待他们呢？谁能知道自己遇到的都是些什么样的人？请你读一读伊斯默洛夫关于伏马和科士马的故事：伏马用鱼子酱和青鱼款待科士马，而后者餍足后，还要求喝饮料。只因伏马没有答应，于是这客人竟然将主人痛打了一顿。这个故事中蕴含的道理就是：你们这些漂亮姑娘，如果无意邀请你们尊敬的客人喝饮料，那么就不要再给他们吃青鱼，因为你们很容易碰到一个科士马。明白了吗？请你不要在我的家里搞什么宴会。

我的天使，除了这一点，我就没什么可说的了。剩下的，就是要亲吻你。请你把自己每日奢华的生活详细地、准确地描绘给我吧。我的娇妻，享乐是绝无问题的，但是你不要太俗气，也不要干脆把我忘了。我的忍耐已经到达极限。我愿意你梳妆打扮，愿意你表现得娇媚动人，愿意你写信告诉我，在舞场中你是怎样艳压众芳的。但我的天使，请你不要卖弄风情，不要过分流于世俗。这不是我在妒忌，我知道你绝不会做出过分的事，但是你要知道，我反对一切带着我们莫斯科“姑娘”味道的、英文中称之为俗气的东西。假如在我回去后，发现你流利可爱的贵族声调改变了，我发誓会和你离婚，然后即刻参军去，宁愿去忍受忧愁和孤独。

你信中问及我的近况，是否每天都在变好。第一，我开始蓄须——在两颊和上唇蓄须是男子的嗜好，当我走在街上时，已有人称我为伯伯；第二，我每日7点钟就醒，喝完咖啡，在床上躺到3点钟。最近我正在写作，并且已经构思了许多篇章。3点钟至5点钟，出去骑马，回来洗一个澡，然后再进餐——主食是番薯和荞麦。读书至9点钟为止。我的一天就是这样过去的，并且天天如此。

亲爱的天使！我之前给你写了一封长达四页的信，可信的内容似乎过于悲伤和凄惨，所以我没有寄出，另外写了这封给你。我患有肝病，又和你两地分别得太远，无法通过书信将心事完全地向你倾诉，这真让人烦恼。你上次提到博尔迪诺，说如果能在那里定居该有多好，可目前又如何能实现呢？

亲爱的妻子，别生我的气了，也别误解我所抱怨的事情。用我依赖的事作为理由责备你，是我从来不愿意去做的。我曾把和你结婚当作全部的目标，因为没有你，我的生活会彻底陷入不幸。可是我不该决定去谋取一官半职，尤其不该领取薪金。依赖家庭生活会让人增进道德，但因野心或贫困而依赖官职，人格便会受到贬损。

我这里没有什么新闻。我在迪密特那里用餐，晚上就待在俱乐部。最近，我在俱乐部里参加了一些娱乐消遣活动，但这事以后不能做了。娱乐活动让我很兴奋，而我的肝脏不断作怪，让我不得安生。

祝福你，请接受我的吻。我等着你从雅洛勒尔茨寄来的信。可是你要谨慎些，也许会有人拆阅你的信。拆信是必要的事情，这也是为了国家的安全起见！

1833 年 *10* 月 *30* 日

千万次地吻你

马克思致燕妮

我的亲爱的：

因为孤独、难过，所以我又给你写信了。我经常在心里想象与你的对话谈心，但你不可能知道，既听不见，也没法回应我。

尽管你的照片照得不是特别好，但对我来说却是极大的慰藉。现在我才明白，为什么“阴郁的圣母”那么丑陋的画像，反而比许多优美的画像受到更多的狂热崇拜。然而，无论什么圣母像都不像你这张照片一般，被吻过这么多次，被如此深情地看过、崇拜过。在这张照片里，你的表情虽然不算阴郁，却至少有些沉闷，完全没法真实反映出你那迷人的、甜美得好似专供亲吻的脸庞。不过我自动把照坏的地方还原了，而且发现，虽然我的眼睛被灯光和烟草损伤了，但我依然能准确描绘出你的形象，好像你真的出现在我的面前一般，无论是梦中还是清醒的时候。我衷心地爱着你，想要从头到脚地亲吻你，跪倒在你的面前，叹息："我爱你，夫人！"

事实上，威尼斯的摩尔人之爱也不及我对你的爱。这世上充斥着谎言和空虚，对人的看法同样是虚伪而表面的。无数的敌人诽谤我、讽刺我，却没人看透我其实最适合在二流剧院扮演头号情种的角色。要是那些坏蛋稍微有点幽默感的话，他们会在讽刺漫画上，一边画上"生产关系和交换关系"，另一边画上我拜倒在你的脚前的画面，然后再题上一句"请看看这幅画，再看看那幅画"。可惜那些坏蛋都是笨蛋，而且是永远都抓不住重点的笨蛋。

暂时的别离对你我都有好处，过于频繁的接触会让一切丧失新意，因而磨灭事物之间的差别。就像宝塔在离得近的时候就失去了高度，若日常琐事接触得太多，一切不愉快就会被过度放大。热情也是这样。在日常生活中，一个人会完全由于亲近而表现出热情，但只要它的直接对象在视野中消失，热情也就不复存在。真挚的热情，由于它的对象的亲近会表现为日常习惯，而在别离的奇异影响下，反而会壮大起来，重新获得更强大的力量。我的爱情就是这样。当空间分隔开了我们，我立即明白，时间对于我的爱情，就像阳光雨露对于植物使其生长一般。在你远离我的时候，我对你的爱情，就会显示出它像巨人一样的本来面目。

在这爱情中，我投入了自己全部的精力和感情，重新发现生而为人的意义，体验到了那种强烈的热情。现代的教育让人变得越来越复杂，让人产生了对一切主客观印象都不相信的怀疑主义，而这只会让我们变得渺小、软弱、啰唆和犹豫。然而爱情——不是对费尔巴哈的“人”的爱，不是对摩莱肖特的“物质的交换”的爱，不是对无产阶级的爱，而是对我的爱人，也就是你的爱——使我成为真正意义上的人。

亲爱的，也许你会带着微笑问我，为什么突然滔滔不绝。当我的心能紧贴着你那温柔而纯洁的心，那时我就会安静。此刻我没法吻你，所以只得求助于文字来传达我的吻。我甚至还要写诗，并把奥维狄乌斯的《哀歌》重新以韵文的形式写成德文。奥维狄乌斯只不过被迫离开了皇帝奥古斯都，我却被迫和你分离，这是奥维狄乌斯所无法理解的。

这世间的女人虽多，有些也很美丽。但却再没有另一副容颜，那每处线条，每处皱纹，都引发我人生中最深刻动人的回忆。我能从你可爱的脸上看出我那些无比悲痛的、无可挽回的损失，而当我遍吻它时，就能平复自己的心情。“在她的拥抱中埋葬，因她的亲吻而复活”，这说的正是你的拥抱和亲吻。而我则既不需要婆罗门和毕达哥拉斯的转世学说，也不需要基督教的复活学说。

……

再见，我的亲爱的，给你和孩子们千万次吻。

你的卡尔

1856 年 *6* 月 *21* 日

于曼彻斯特格林码头巴特勒街 *34* 号

我越是沉湎于幸福，我的命运就会越可怕

燕妮致马克思

我唯一的挚爱：

我的爱人，你不再生我的气，不再因我而焦心了吧？写上一封信时我过于激动，放大了眼前生活的黯淡和可怕。

我唯一的爱人，请原谅我吓到你了。可是，你竟怀疑我的爱情和忠诚，这使我备受伤害。卡尔，告诉我，你怎么能写这样一封措辞冷淡的信来质疑我，仅仅因为我沉默的时间比通常长了一些，仅仅因为我把那些由于你的信，由于埃德加尔，由于那些难以忍受的苦闷压在心头的时间长了一些？我这样做，只不过是由于爱你，心疼你，不让自己过于激动，是出于我对你、对我的亲人负责任的考虑。唉，卡尔，你是多么不了解我，不了解我的处境啊！让你体会到我的忧虑如此困难，这让我心如刀绞。

女子的爱情与男子的爱情不同，也必然不会相同。女子能给予、并毫无保留地永远给予男子的，只有她的爱和她本人。那么，她也理应在男子给予的爱中得感到安全和满足，应当在男子给予的爱中忘掉烦忧。

可是，卡尔，站在我的角度想想吧。你不尊重我，不信任我。我没法和现在的你一样，保持那种青春的、狂热的爱情，这我从一开始就明白。在有人冷静、巧妙、理智地为我分析、劝告我前，我就已经深切感受到这一事实了。

唉，卡尔，这就是使我悲哀的原因。你那炽热而感人的激情、动听的甜言蜜语、充满想象力的作品，会让其他姑娘狂喜，却只会让我害怕，而且，往往给我带来绝望。现在的我越是沉湎在幸福当中，那么将来等你充满激情的爱消失时，等你变得冷漠时，我就会面临越发可怕的命运。卡尔，你要知道，由于担心不能永远拥有你的爱情，我失去了所有欢乐。在你的爱情里我难以陷入沉醉，只因我觉得这份爱缺乏永恒的保证。对我来说，没有什么比这更可怕。

正是出于这个原因，卡尔，你付出的爱并没有从我身上得到应有的回应——完全的感激，完全的迷恋。所以我经常提醒你，多关注一些其他事情，关注生活和现实，而不要只凭一时喜好，完全地沉醉在爱的世界里，耗费掉所有精力，忘乎所以，只在这里寻找安慰和幸福。

卡尔，若你能体会我的痛苦，你就会对我更温柔，就不会总盯着琐事和单调乏味的生活，不会在意每个看似缺乏深情的细节。

唉，卡尔，如果你的爱能给我宁静和慰藉，我就不会这般烦躁、痛苦而悲伤。唉，如果能从你的爱中获得宁静和慰藉，卡尔，我向上帝发誓，我就不会总去想生活以及那些毫无温度的琐事。

但是，我的天使，你对我缺乏尊重和信任，所以，我没办法毫无保留地让你的爱情占据我的心，尽管为了这份爱我愿意付出一切代价。如果你能察觉到我的所思所想，对于我不断从你的爱情之外寻找慰藉这件事，就能心平气和地看待了。我很清楚，无论在哪个方面，你都是正确的，但是，也请你设身处地地替我想想，想想我多愁善感的性格——你想到这些，或许就不会再那样冷酷地待我了。要是有那么一瞬间，你能变成一个女子，而且是像我这么奇怪的女子，那该多好！

亲爱的，在接到你上一封信时，我的忧愁苦闷便开始了。一想到你可能会因为我卷入纷争，甚至去决斗，我就感到无比恐惧。不管日里还是夜里，我脑海中总能浮现出你受伤、流血、生病的画面。但是，我和你坦白一切吧，卡尔，这些想象却没有让我觉得自己多么不幸，甚至，如果你失去了右手，我的心里反而会充满快乐和幸福。你知道吗，亲爱的，如果是那样的话，我就能真正成为你离不开的人了，你会一直把我带在身边，爱着我。我想，那时我就成为你真正的左膀右臂，记下你所有的奇思妙想。所有这些想象是那么真实和生动，以至于我好像听到了你动听的声音，耳边是你滔滔不绝的亲切话语。我仔细地倾听着，用心地为众人记录着。你知道吗，我常常在心里为自己描绘着这样的画面，那个时刻我是幸福的，因为我正在你身边，我是你的，整个人都是你的。只要能让自己觉得这件事有可能是真的，我就心满意足了。

亲爱的，我心里唯一爱着的人啊，快给我寄来一封信吧，告诉我你很健康，说你爱我永不变。可是，心爱的卡尔，我们认真地谈一谈吧，告诉我，你为什么怀疑我对你不忠诚呢？唉，卡尔，难道随便什么人竟能超过你吗？我倒是希望如此呢！我不否认其他人也有优秀品格，也不觉得你是世上无与伦比的，但是，卡尔，我对你的爱，言语无法形容，在其他人身上我又怎么找得到任何值得爱的地方呢？唉，亲爱的卡尔，无论什么时候，无论在什么事情上，我对你的感情都是纯洁无瑕的，可是，你还是不信任我。不过，奇怪的是，竟然有人和你提到一个在特利尔默默无闻的人，而通常人们眼里我的形象，却是活跃在社交场合，能够和各种各样的男子相谈甚欢的。

通常，我都是快活的，能同陌生人谈笑风生的——这在我与你之间反而做不到。你知道吗，卡尔，我可以和任何人闲聊，但是，只要你看我一眼，我就会害怕得一句话也说不出，感觉血液在血管里凝结，心怦怦直跳。这种情况时常发生：每当我一想到你，整个人就像僵住了，对世间所有事物都丧失了表达能力。唉，我也不晓得这是为什么。可是，每当想到你，我心头就有种异样的感觉，我想你这件事，既不特别，也不刻意。我整个人全身心都沉浸在对你的思念里。我常常回忆你对我说的话或问我的事，这时，我便陷入一种无法形容的奇妙感觉之中。而当你吻我的时候，当你热情地给我一个紧紧的拥抱时，我又害怕又激动，呼吸都要停止了。唉，亲爱的，你都不知道，你常常看我的眼神是什么样的，那种眼神是那样奇特，那样温柔。亲爱的卡尔，如果你能知道那种感觉是多么奇异就好了——我没有能力描述它。

有时候我想，如果我终于能和你每天都在一起，你叫我亲爱的妻子，那是多么美好的一件事啊。亲爱的，那时候我当然会向你倾诉我的心事，那时，我就不会像现在这么害羞了。亲爱的卡尔，你是我的恋人，这是多么美好的事啊！你要是知道这是怎样一种感受，就绝不会怀疑我竟会爱上别人了。

最爱的你，你对我说过的种种甜言蜜语，你一定已经忘了，但我却记忆犹新。你曾对我说的话是那么美妙，只有陷入热恋的人，只有觉得自己和恋人亲密无间的人，才说得出那样的话。你经常和我说那种亲昵的话，这些你都还记得吗，亲爱的卡尔？如果我现在把我所想的一切都告诉你——你这个促狭鬼，定会觉得我对你已经再无保留了吧。那可是大错特错了，当我不再是你的恋人，那除了对恋人（就是你啊）以外对任何人都不能说的话，我还是会和你说。如果，亲爱的卡尔，如果那个时候，你也还会继续告诉我一切，还会含情脉脉地看着我，就是对我来说，世界上最美好的事了。

啊，我的心上人，不知道你是否记得，当我们初次相识，你看了我一眼，便急忙把目光移开，然后又忍不住看了我一眼，我也做出了同样的举动。最后，我们的目光碰在了一起，我们长久而深情地相互注视着对方，竟然没有任何力量能够把彼此的目光移开！

亲爱的，别再和我生气了，给我写点温存的东西吧——你是知道的，这将给我带来多大的快乐啊……

男儿重意气，何用钱刀为

卓文君致司马相如

白头吟

皑如山上雪，皎若云间月。

闻君有两意，故来相决绝。

今日斗酒会，明旦沟水头。

躞蹀御沟上，沟水东西流。

凄凄复凄凄，嫁娶不须啼。

愿得一心人，白头不相离。

竹竿何袅袅，鱼尾何簁簁！

男儿重意气，何用钱刀为！

我怎么敢念你的名字

大阿紫

给你：

这种不知寄给谁的情书，我少女时不知写过多少回。

为了更郑重，有很多仪式。比如净手，比如一定要用蓝色墨水的钢笔，写在洁白的信纸上，好像这样能令我的容颜也跟着美起来。

我脑中浮现你、他，还有别人。给你写一句，给他写一句，情感好像丰富了起来。后来也分不清，哪句是写给你，哪句是写给他。

我不提“爱情”，这词既粗俗，又谄媚。

诗人们有办法想到更优美的词，说出这不想占有，也无心贪恋的情感。

任何忧愁、烦恼，任何情绪跌宕，只会令它黯然失色。

我每天游手好闲，只上心于研究此事。我无法跟你倾述日常琐碎，那只会更显我的无知庸碌。

我愿让你见到最好的我。

我希望你永远不用担忧，永远住在伸手就可触及云朵的高塔中。除了栖息于窗边的鸽子，没有打扰。你有永远的宁静。

我偶然在梦中窥得时间，惊醒，泪流满面。

你却早已知晓，因太过悲伤，决定绝口不提。

云在迅速飘移，遮盖我们头顶的光。我们都被笼盖。在巨大的投影下，费力地跑。也许你会追上余晖，但那同样很快消失。所有人都犹豫，干脆往回走。只有你，依然追赶，所以我永远爱你。

有时你有具体形象，我在窗边，你在窗外，我们说着话，火车忽然开动起来，你迈开很大的步子跑起来，口中喊着我听不清的话。

有时你让沉默立于你身旁，在前面走。

我不敢上前，因你身边已无站多一人的空间。

你化身为我的朋友，我日夜相随的影子，我触摸消融的空气。

我对你一无所知。

我做了很多错事，误会你需要被讨好。

愚蠢地装出你喜欢的样子。

你依然沉默。

我就在这沉默里发狂。

我念你的名字。

我怎么敢念你的名字。

一个字一个字念给你听

罗飞致未来的你

今天是 2014 年 3 月 21 日，321，这是一个有趣的日子，我一个人开着车经过卢浦大桥，斜阳西下，漫目熔金，于是又想到了你。

世界之大，有些人在欢笑，有些人在哭泣，有些人举杯痛饮，有些人细品茗茶，有些人为生活的压力四处奔走，有些人碌碌无为，虚度年华。当“思念”这两个字坠落在我心底的这一瞬，我并不知道，你在做着什么：是在办公室里加着班，还是在拥挤繁华的街头匆匆漫步，抑或是在地铁里眯着眼打着瞌睡——无论此时你身在何处，是否也微微抬头，陪我一起看这抹残阳？

我曾无数次幻想你的容颜，想象着你的眼角眉梢，定是带着些许碎纹。因为我想你一定是一个爱笑的人。古龙说，笑得甜的女人，将来的运气都不会太坏。想到你我注定相遇，我便痴痴地信了这话。小鱼儿飞身救苏樱于深泉，西门吹雪为孙姑娘轻展笑颜，你看，原来笑得甜的姑娘，命真的不会太坏。于是我多么希望你能笑得再甜一点，生活已经苦如莲心，何必徒增烦恼。我深知这世间的生活，并不是你想慢，便慢得下来；想笑，就笑得出来。但请坚信，我定会在人生的某个岔路口等候着你，此后无论荆棘遍地，还是锦衣玉食，你可以走得再从容一点，走得再轻松一点，因为一路有我。

你并不知，我渴望遇见你的心有多么强烈；你亦不知，我畏惧遇见你的心又有多么忐忑。我多希望，人生这么长，能够伴你左右的是一个有趣的人。可是我既无俊朗的外貌，也无幽默的言谈，甚至时不时还会做一些愚蠢狭隘的事，说一些肤浅无趣的话。潘闲邓小驴，我无一拥有，若是硬说，恐怕只有潘长江的貌，闲家放炮的命，邓通的文采，驴大的脑子，这小字落在眼睛上，还真聚得了光。其实，也就是短短的三个字，二十四笔的转折，我竟絮絮叨叨，说了半天。

你这么聪慧，定会笑我没得文采，迂腐倒是与日俱增。可你若是听得不厌，我愿余生请你指教。

这是我给你写的第七封情书，我不知道你会在什么情况下看到这些琐碎无谓的字迹：是穿着宽松的棉织T恤坐在新居的沙发里，厨房里是我忙碌洗碗的身影；还是在婚礼的现场，那时你站在我的身侧，是正哭着笑，还是正笑着哭，我是不知的，我唯一知道的是，穿婚纱的你应是这世间最美丽的女子——美丽本是俗字，可我却已词穷。

但我还是希望，能与你一起跋涉在荒漠沙谷，探寻未知的精彩。山脊蜿蜒，你走在我前面，我唤你回头，从被汗水打湿的衣服里取出这一封信，一个字一个字念给你听。

此时身侧，夕阳斜下，落日熔金。

我必定用我的爱把你救出来

小林多喜二致田口泷子

泷子：

“光因为黑暗的存在而存在。”一个人，刚刚从黑暗里走出来，对光明的体会才会越发真切。幸福不是世界上唯一的存在。正因为有不幸的一面，才会有幸福的一面。请把这点牢牢记在心上吧。所以，我们需要先体验苦涩，这是为了得到真正幸福的生活。

泷，你处境艰难，但即使如此，对于充满光明的未来的追求，也不该放弃。要忍耐，要知道，为了未来的美满生活，我们此刻才不辞辛苦。

我刚从学校毕业还没两年，所以没有多少钱。虽然我有把你赎出来的念头，可是也只能是心里想想而已。上次那个晚上，我也和你谈过了这件事。但我的确是强烈无比地爱着你。请你放心，虽然目前看来好像希望渺茫，可是总有一天，我必定会用我的爱把你救出苦海。当你感到痛苦和悲哀的时候，请把我对你的爱时时放在心头，忍耐再忍耐，就能战胜那些痛苦悲哀。

我偷偷打听了一下，那个叫斋藤的人看来不是一个好人。这一点，咱们下次见面时详谈。总之，他是个不可救药的吝啬鬼、大坏蛋。

泷，你身处那样的环境里，肯定免不了去忍受讨厌的事，但是，请你千万不要出卖灵魂。别忘了，那天晚上说好了的，你的灵魂将由我妥善保管。可以吗？要坚强啊！

你也是知道的，我和我的朋友们都没有富余的钱，反倒不时会和你们借一点儿。但是你放心，只要有钱，我们一定会去看你的！你究竟欠了多少钱？我愿意尽力帮你。虽然我现在还没有钱，但总得想想办法。请把那个数目告诉我，我好有个心理准备。

最后，希望你对我们的爱保持信心，千万不要悲观失望。不要总想着希望渺茫而泄气，也不要酗酒伤身。如果心里难受想买醉的时候，就想一想我，稍微忍耐一点儿，好吗？我们一言为定！

还有，也要多为抚子想想，多去安慰她。告诉她，我实在是想替她解开心结——大家一样都是受苦的人，只能彼此再多给一些安慰吧。老奶奶也年纪大了，脾气自然会有点古怪，这不能怪她，望你能好好体贴她的心情。

再见，等待你的回信。我亲爱的小泷！

多喜二

以后的路我陪你走

专三千

提笔才发现，我居然不知道该怎么称呼你。叫你单字，或者全名？平时我叫你都是用“嘿”，正式场合叫你全名。想了半天想不出一个亲昵些的称呼。

我自诩是一个八线作者，却从没给你写过情书。相反地，你一个平时连读后感都要憋一个星期的懒姑娘，居然给我写了满满一本的情话。

从头开始算，我们在一起五年了。我对年份一直没什么概念，特别是现在，一晃就是一年，觉得五年也不过尔尔。可是前几日身份证过期去补办，看了看出生年份，才发现，我来到这世上也不过才二十年。这么一算，我和你在一起的日子竟占了我生命的四分之一。除去前五年的懵懂，从记事以来算起，你我的共同经历，占了我记忆的三分之一。

我很惊讶，是什么东西让我对这样漫长的相处习以为常？我想了想，那东西应该叫“爱情”。

你可能会反驳，对的，你有足够的理由反驳，因为相比于你，我对这段感情的付出不值一提。

在一起的这五年，也不都是岁月静好，分分合合、吵吵闹闹。其间大多数的问题都出在我身上，我胆小，优柔寡断，见异思迁。

如果说我们的爱情是月老那根长长的红线，那我就是那个拿着剪刀不停破坏的暴徒。

我遇到阻碍退缩过，我碰到诱惑徘徊过，走到半路逃离过。

我脾气暴躁，没有耐心，等公交超过五分钟就会开始烦躁，掏出手机要叫滴滴；我陪你一起去逛街，不到三个店面我就开始皱着眉头，一言不发；去旅游，路线难找一点就嚷嚷着要回酒店。

你总小心翼翼地察言观色，在我引线快要烧到火药桶的时候适时地过来摇着我的手臂：“好啦好啦，不许生气。”

你像一汪清泉，把我这个随时要爆炸的火药桶包围，适时地浇上一捧温水，让我保持冷静。

你一次次把我无理剪断的红线连上，我一眼望去，每一个节点仿佛都在赞美你的包容，斥责我的幼稚和懦弱。

我们最近的一次分手，理由让人瞠目结舌："我觉得分手对你更好。你这么好的姑娘，能遇到更合适的男生。"说完这句话我还在自我高潮，我真伟大。我觉得自己是一个圣人，沉浸在深深的自我感动中。却没有想到，如果你喜欢的不是我，那前面的那五年你是在干什么？做公益？

你和我说："我才不要你这种自以为是的伟大，你有种就和我一起面对，一起向前，而不是说什么你能遇到更好的这种屁话。"

相比起我的虚伪，我喜欢你的率真。我总说你笨，你从不反驳："因为笨才要和你这么聪明的人在一起啊。"可事实上更多时候我才是那个笨的人，我路痴，我一根筋，我自以为是。

多少次我凭借着模糊的记忆，坚持认为自己是对的，带着你走错的路。你在岔路口指着对的路大喊：“这条才是对的。”

我手插在口袋里，酷酷地头也不回，走自己认为对的路，你只好嘟着嘴追上来：“你别走那么快，等等我。”

走了很久，我终于发现自己走错了，看了看在旁边明知道不是这条路还陪我走得气喘吁吁的你：“你怎么不早说！”你一句抱怨也没有，牵着我的手，把我带回路口，找到对的那条路，把我带回去。

我不知道“爱情”到底该是什么样。棉花糖样？泡泡糖样？还是摩天轮样？我只知道，我经常会走错路，但是我身边有个姑娘，她可以笑眯眯地陪着我错，在我醒悟的时候，她会拉着我的手，找到对的那条路。

呐，我也不知道我以后会变成怎样，可能还是那个作死的拿着剪刀的火药桶。所以你不能离我太远，我会炸。

以后的路我陪你走，虽然可能会走错，那不是还有你吗？

我从你的眼睛里寻找我的命运

卡夫卡致密伦娜

密伦娜：

又一次，我拨开你的秀发，将它拢向一侧——一头凶恶的野兽，这是对我的形容吗？不光对自己凶恶，对你也是这样？还是说，好像一头凶恶的野兽正追赶着我？我甚至不知道它是否凶恶。我只是在给你写信的时候，如实写下自己的感受。

我曾和你说过：假如给你写了信，那么在等你回信的前后，我都会失眠；假如不给你写信，我倒是还能至少睡上几个小时。假如不给你写信，那么我只是心里疲乏、悲伤、沉重；假如我写了信，就会被不安和惶恐撕碎。我们现在做的，是乞求对方的同情：我请求你，允许我现在躲个清静，你请求我——你会求我吗？如果会的话，那便是最可怕的怪事了。

但这怎么可能呢？你问。我想要做什么？我应该做些什么？

我是一头丛林中的野兽，却很少在林中游荡，只是躺在肮脏的沟壑中，看着外面的你。你是我见过的最美丽的生物。于是我忘乎所以，甚至彻底忘了我自己，我站起来，尝试着靠近你，这一切是多么新奇，然而我尚未离开家乡的自由空气，我的心颤抖着，但还是离你越来越近了，直到来到你的身边。你看起来那样友善，我在你身旁蹲了下去，把脸贴在你的手上，就好像得到了你的承认。我是多么幸福！多么自豪！多么自由！多么强大！就好像回到了家里一样，我无数次告诉自己：就像在家里——可事实上，我却只是一头野兽，森林才是我的家。我望着你的眼睛，想在里面搜寻自己命运的蛛丝马迹，却依然懵懂无知（因为我已经忘却了一切）。然而这温存不会持续太久。尽管用最仁慈的手抚摸着我，你最终总会发现我身上的古怪，它们表明我来自森林，那才是我的归宿，我真正的故乡。我们不得不反复谈及“恐惧”，它折磨着我的每一根裸露的神经（也无意中折磨着你），恐惧在我面前不断膨胀变大。我对于你，是怎样肮脏的厄运啊！又出现了有关马克斯的误会，在格蒙德那方面已交代清楚，却又来了雅尔米拉的误解，最后终于在V. 那里爆发了愚蠢、粗暴、冷漠的丑事，其间还发生了许多小摩擦。

我确认了自己的身份，在你的眼睛里，我看到错觉开始逐渐消失，我怀着噩梦般的恐惧（盲目进入某个不该来的地方，却错把这里当成了自己的家）。带着这种恐惧，我必须逃回黑暗里去。目光让我难以承受，我就像一只迷途的绝望的野兽，奔跑，尽力奔跑，脑海里只有一个念头："要是我能将她带走，那该有多好！"与之对立的，还有一个想法："她去的地方，黑暗还会存在吗？"你问起我的生活是什么样的，我的生活就是这样的。

你的

爱是甘草，这苦的世界有了它就好上口了

徐志摩致陆小曼

眉：

“幸福还不是不可能的。”这是我最近的发现。今天早上的时刻，过得甜极了。只要你、有你，我就忘却一切，我什么都不想，什么都不要了，因为我什么都有了。与你在一起没有第三人时，我最乐。坐着谈也好，走道也好，上街头买东西也好。厂甸我何尝没有去过，但哪有今天那样的甜法。爱是甘草，这苦的世界有了它就好上口了。眉，你真玲珑，你真活泼，你真像一条小龙。

我爱你朴素，不爱你奢华。你穿上一件蓝布袍，你的眉目间就有了一种特异的光彩，我看了心里就觉着不可名状的欢喜。朴素是真的高贵。你穿戴齐整的时候当然是好看，但那好看是寻常的，人人都认得的，素服时的眉，有我独到的领略。“玩人丧德，玩物丧志。”这话确有道理。

我恨的是庸凡、平常、琐细、俗气；我爱个性的表现。

我的胸膛并不大，决计装不下整个或是甚至部分的宇宙。我的心河也不够深，常常有露底的忧愁。我即使小有才，也决计不是天生的，是勉强来的，所以每回我写什么，多少总是难产，我唯一的依傍是那刹那间的灵通。我不能没有心的平安，眉，只有你能给我心的平安。在你完全的、蜜甜的、高贵的爱里，我享受无上的心与灵的平安。

凡事开不得头，开了头便有重复甚至成习惯的倾向。恋爱中的人也得提防小漏缝儿，小缝儿变成窟窿，那就糟了。我见过两相爱的人因为小事情误会斗口，结果只有损失，没有利益。我们家乡有俗谚，“一天相骂十八头，夜夜睡在一横头”，意思是说好夫妻也免不了吵。我可不信，我信合理的生活，动机是爱，知识是指南针；爱的生活也不能纯粹靠感情，彼此的了解是不可少的。爱是帮助了解的力，了解是爱的成熟，最高的了解是灵魂的化合，那是爱的圆满功德。

没有一个灵性不是深奥的，要懂得认识一个灵性，是一辈子的工作。这工作愈下愈有味，像逛山似的，唯恐进得不深。

眉，你今天说想到乡间去过活，我听了顶欢喜，可是你得准备吃苦。总有一天我要引你到一个地方，使你完全转变你的思想与生活的习惯。你这孩子其实太娇惯了！我今天想起丹农雪乌的《死的胜利》的结局，但中国人，哪配！眉，你我从今起对爱的生活负有做到他十全的义务，我们应该努力。眉，你怕死吗？眉，你怕活吗？活比死难得多！眉，老实说，你的生活一天不改变，我一天不得放心。但北平就是阻碍你新生命的一个大原因，因此我不免发愁。

我从前的束缚是完全靠理性解开的，我不信你的就不能用同样的方法。万事只要自己决心，决心与成功间是最短的距离。

往往一个人最不愿意听的话，是他最应得听的话。

摩

1925 年 *8* 月 *9* 日

我愿意从此跟你往高处飞，往明处走

陆小曼致徐志摩

摩：

昨天才写完一信，T 来了，谈了半天。他倒是个很好的朋友，他说他那天在车站看见我的脸吓一跳，苍白得好像死去一般，他知道我那时的心一定难过到极点了。他还说外边谣言极多，有人说我要离婚了，又有人说摩一定是不真爱我，若是真爱决不肯丢我远去的。真可笑，外头人不知道为什么都跟我有缘似的，无论男女都爱将我当一个谈话的好材料，没有可说也是想法儿造点出来说，真奇怪了……

摩，为你我还是拼命地干一下的好，我要往前走，不管前面有几多的荆棘，我一定要直着脖子走，非到筋疲力尽我决不回头的。因为你是真正的认识了我，你不但认识我表面，还认清了我的内心。我本来老是自恨为什么没有人认识我，为什么人家全拿我当一个只会玩、只会穿的女子；可是我虽恨，却并不怪人家，本来人们就只看外表，谁又能真生一双妙眼来看透人的内心呢？受着的评论都是自己去换得来的，在这个黑暗的世界有几个是肯将真性灵透露出来的？像我自己，还不是一样成天埋没了本性以假对人的么？只有你，摩！第一个人能从一切的假言假笑中看透我的真心，认识我的苦痛，叫我怎能不从此收起以往的假而真正的给你一片真呢？我自从认识了你，就有改变生活的决心，为你我一定认真地做人了。

因为昨晚一宵苦思，今晨又觉满身酸痛，不过我快乐，我得着了一个全静的夜。本来我就最爱清静的夜，静悄悄只有我一个人，只有滴答的钟声做我的良伴，让我爱做什么就做什么，不论坐着、睡着、看书，都是安静的，再无聊时就耽着想想做不到的事情、得不着的快乐，只要能闭着眼像电影似的一幕幕在眼前飞过也是快乐的，至少也能得着片刻的安慰。昨晚想你，想你现在一定已经看得见西伯利亚的白雪了，不过你眼前虽有不容易看得到的美景，可你身旁却没有了陪伴你的我，你一定也同我现在一般地感觉着寂寞，一般地心内叫着痛苦的吧！我从前常听人言生离死别是人生最难忍受的事情，我老是笑着说人痴情，谁知今天轮到了我身上，才知道人家的话不是虚的，全是从痛苦中得来的实言。我今天才身受着这种说不出、叫不明的痛苦，生离已经够受了，死别的味儿想必更不堪设想了吧。

回家去陪娘看病，在车中我又探了探她的口气，我说照这样的日子再往下过，我怕我的身体上要担受不起了。她倒反说我自寻烦恼，自找痛苦，好好的日子不过，一天到晚只是去模仿外国小说上的行为，讲爱情，说什么精神上痛苦不痛苦，那些无味的话有什么道理。本来她在四十多年前就生出来了，我才生了二十多年，二十年内的变化与进步是不可计算的，我们的思想当然不能符合了。她们看来夫荣子贵是女子的莫大幸福，个人的喜、乐、哀、怒是不成问题的，所以也难怪她不能明了我的苦楚。本来人在幼年时灌进脑子里的知识与教育是永不会迁移的，何况是这种封建思想与礼教观念，就更不容易使她忘记。所以从前多少女子，为了怕人骂，怕人背后批评，甘愿自己牺牲自己的快乐与身体，怨死闺中，要不然就是终身得了不死不活的病，呻吟到死。这一类的可怜女子，我敢说十个里面有九个是自己……

摩！我今天很幸运能够遇着你，在我不认识你以前，我的思想、我的观念，也同她们一样，我也是一样的没有勇气，一样的预备就此糊里糊涂地一天天往下过，不问什么快乐什么痛苦，就此埋没了本性过他一辈子完事的；自从见着你，我才像乌云里见了青天，我才知道自埋自身是不应该的，做人为什么不轰轰烈烈地傲一番呢？我愿意从此跟你往高处飞，往明处走，永远不再自暴自弃了。

三月二十二日

榆树下是我们告别的地方

暑假

我们从你家走到小区门口的榆树，一共要经过 *127* 块砖，我数过。

榆树下是我们告别的地方。你往北走，我往南走。

后来你去了别的地方，有一次我偷偷跑到你家门口再走出去。

可是那次我数到了 *128* 块砖。奇怪，怎么多了一块呢？然后我又走了几遍，发现确实是 *128* 块砖。

于是我一个人坐在树下想，转了一会儿眼珠，突然明白了。

那时节天空蓝幽幽的，绿色的风从四面八方吹来，阳光出奇地干净。

我和你并排走在路上，在某一刻你总是会突然微笑一下。

我扭过头去看，你的轮廓清晰可见，睫毛、鼻子、嘴巴和披在肩上的头发。

它们浮着毛茸茸的阳光，真是可爱极了。那一刻我心里很开心，然后一阵恍惚。

我在树下想，就是因为那一阵恍惚，少数了一块砖吧。

万一阿尔卑斯山和大海把我们隔离开来

拜伦致桂乔丽伯爵夫人

我最亲爱的泰丽莎：

在你的花园里，我将这本书读完了。我的爱，只是因为你不在，否则这本书我是读不下去的。这是你最喜欢的书，而且作者是我的朋友。你不懂英文，而其他人也不懂——这是我没有用意大利文来潦草写下这封信的原因。

你会认出这笔迹来自你热情的爱人，而且你会明白，在你最喜欢的一本书上，他唯一能想到的只有爱。爱这个词，在所有语言里都无比优美，尤其是在你的语言里——Amor-mio——是我此刻和将来的存在。我感觉到我此刻存在着，同时也感觉到，我未来还会继续存在——存在的目的是什么呢？这将由你来决定；我的命运掌握在你的手上。你，一个十八岁的姑娘，离开修道院满两年了。我全心全意地希望你在修道院一直待着——或者，至少，在你还没有结婚的时候，就遇到你。然而一切都为时已晚。我爱你，你也爱我——至少你是这样说的，并且在行动上表现得好像也是如此。至少这对我是一种极大的安慰。

可是，我不仅爱着你，而且无法停止爱你。

当阿尔卑斯山和大海把我们隔离开来的时候，愿你时常想念我——不过，它们永远不会这样，除非那是你所期望的。

拜伦

1819 年 8 月 25 日于波洛那

您一定会听到和感到我所写的是什么

柴可夫斯基致梅克夫人

致梅克夫人：

亲爱的朋友，给您的上一封信刚刚寄出，然后我就接到了您的来信，而这封信深深打动了我。得知自己的音乐能够深入爱人的心，这是我人生最快活的时刻，任何荣誉都比不上这更令我快乐。

我还需要诉说自己是怎样由衷地爱着您的吗？我从未见过任何人像您一样，对我这样亲切，响应我每一次动念和每一下心跳。您的友谊对于我已经变成像空气般不可或缺。无论我正在做什么，总会想起我遥远地方的朋友，她的爱和同情已经变成我生命存在的基石。

我作曲的时候，心里一直在想，您一定会听到和感受到我所写的是什么，这便能帮我抵御未来的所有敌视和误解，这些敌视和误解是我免不了要从大众那里接收到的——不仅是大众，还有我的所谓的朋友。

您是不是觉得，我会对您信中亲切的反应感到奇怪？不会的。我不会感到奇怪，唯独有一种恐惧——我怕自己配不上您的亲切。这绝不是空话，也不是谦虚，只是因为这个瞬间，我暴露了自己所有的弱点。

至于我们之间的称呼，我实在没有勇气改称“您”为“你”。在我们的关系中，任何虚假的成分我都无法忍受，用这个亲切的称呼给您写信似乎有点难为情。每个人自出生起就受着拘束，尽管极力想摆脱，但一点点叛逆就会导致不安，不安就会产生虚伪。我想和您永远在一起，但首先，我赞成对彼此绝对的坦白。因此，我的朋友，称呼这事交给您来决定吧。当然，任何称呼用惯了就不会不安了，但我还是想说，一开始总有些勉强。但不论用“你”或“您”，我同样深爱着您。您这最小的愿望，我也没法立马让您满足，是我的错。但另一方面，使用一种新称呼的主动权在于您。告诉我该怎样做吧，在收到回信之前，我将沿用“您”字。

1878 年 *3* 月

你究竟喜欢我什么呢

高尔基致卡嘉

卡嘉：

想一想你心目中他的模样，你究竟喜欢阿历克赛·马克西莫维奇·彼什科夫身上的哪一点呢？我十分了解他——你愿意和我聊聊他吗？

首先，单纯和开朗只是彼什科夫的假象，他蛮以为自己特立独行，而且过分卖弄这一点，但他是不是真的与众不同，这事还存疑，也可能他只是自负而已。这种自负，让他苛以待人，并且对他人总有些傲慢和轻蔑，仿佛世界上只有他彼什科夫是个聪明人，剩下来的全是白痴和傻瓜。他最大的缺点就是爱夸耀自己，此外，他还粗鲁、缺少教养——这一点你也必须看清。他很容易激动，有时甚至恶狠狠的，人品绝不是第一流的。这就是他的内心。

现在，来谈谈他的社会地位：这是一个流浪文人，一个今朝有酒今朝醉的人，能够给你什么样的生活条件呢？浪迹四方，时刻有可能一贫如洗，或者遭遇不测风云，等待你的就是这些。他发表在报章上的文字，你知道的，只不过是些流水账。他没有时间搞文学，只是根据报酬的多少，来应付差事罢了。

他这个人，我认为很快就要一命呜呼了。严重的风湿病若是再度袭来，就要送他下地狱。他的胸部衰弱，脊背不时疼痛。总之，这是一个行将离世的人，他需要的不是一个妻子，而是一个看护妇。亲爱的，这绝不是你要扮演的角色。他言行古怪，身体丑陋异常，而除了这些令人惊愕的缺点以外，他还有许多其他缺点，有些我忘了，有些我不清楚，还有一些我难以启齿，因为说出来实在无聊，也因为我对彼什科夫抱有同情——我爱他，而且只有我才是真正地爱他。

关于这位先生的优点你应该比我更清楚，我就不说了。他是个怪人，有时候还出奇愚蠢。最主要的是他很难被人理解，他不幸的根源也在这儿。

总之，卡嘉，我非常严肃、郑重地和你提前说明了，请你根据刚刚我说过的那些情况，对彼什科夫这个人重新做一番考量。

当你老了

叶芝致茉德·贡

当你年老头白，又昏昏欲眠，
炉边打盹的时候，请取下这书卷
慢慢来读，并回想你的双眼
也曾目光温柔，却已窝影深陷；
多少人爱过你片刻的亮丽芳华，
爱过你的美貌，不论假意或真情，
但只有一个人爱你那追寻的心，
更爱那愁苦刻在你憔悴的脸颊；
然后你会俯身靠近通红的炉挡，
有点难过地抱怨，爱情已溜走，
它徘徊到了远远的高山之上，
在熙攘的星群里把面目隐藏。

我在这里十分寂寞

亨利八世致安布林

我的甜心：

写这封信是为了告诉你，自从你离开以来，我在这里十分寂寞。因为，我确信自从你离开后，时间变得更漫长，而不是仅仅过了两个星期。我认为，是你的善良和我炽热的爱，导致了这一结果。否则，我想不出任何短暂的分离导致这般痛苦的原因。

现在我正前往你那里了，这代表我一半的痛苦已经消失无踪了。另外，我的书对我很重要，这也给了我很多安慰。今天在写书上我花了四个多小时，所以这会儿才开始给你写这封短信。因为头有点痛，我渴望（尤其是晚上）躺在恋人怀里。不用多久，相信就能亲到你那对漂亮的乳房。

过去、现在和将来，爱你之心永不变的人亲笔书。

H. R

我不怕死，只要我俩死在一起

闻一多致高孝贞

亲爱的妻：

这时他们都出去了，我一人在屋里，静极了，静极了，我在想你，我亲爱的妻。

我不晓得我是这样无用的人，你一去了，我就如同落了魂一样。我什么也不能做。前回我骂一个学生为恋爱问题读书不努力，今天才知道我自己也一样。

这几天忧国忧家，然而最不快的，是你不在我身边。亲爱的，我不怕死，只要我俩死在一起。我的心肝，我亲爱的妹妹，你在哪里？从此我再不放你离开我一天，我的肉，我的心肝！你的一哥在想你，想得要死！亲爱的，午睡醒来，我又在想你。时局确乎要平静下来，我现在一心一意盼望你回来，我的心这时安静了好多。

爱是这世上唯一戒不掉的东西

一壶乌龙茶

我第一次见到你，是一个一直下雨的春天。

那是我来上海后的第一天上班。心里想着第一天上班还是要正式点，一大早耗掉了半瓶啫喱水，梳了个溜光的马尾辫。穿了件优衣裤买的立领白衬衫，还是前男友送的。可来到公司，才发现自己是整个工作室打扮得最正式的。一个小城市来的姑娘投身到上海这座繁华的都市，感受到的除了全身血脉被打通般的自由畅快，更多的是从故乡带来的内心深处的谨小慎微。

那天中午，跟在一群老同事后面去你们常去的那家心怡餐厅吃午餐。那也是我第一次见到你，眼前的你穿着件蓝色的 T 恤衫，一脸清俊地坐在我对面用餐。一旁的小蔺和小谢搅拌着手里的回族牛肉面，从公司八卦新闻头条说到今年 GDP 和国际形势，二人聊得唾沫横飞不亦乐乎。唯有你全程不说一句话，默默地扒着饭。

我担心自己是新同事的缘故让面前吃饭的你放不开，便悄悄地凑近问道：“你叫什么名字啊？”你看了我一眼，又迅速地低下头，害羞地答道：“王云，云嘛，就是天上飞的那个。”

说完脸都红了。这个年纪的人，还会脸红，我心想着。可就是那一刻，我身体里那个叫荷尔蒙的东西像输对了密码，腾腾地往上冒。也许是从你身上看到了同是小镇青年的谨慎，又或许是打心眼里喜欢害羞的男孩子，是的，我就喜欢你不看我时又看我的样子。

你的办公桌我有观摩过。右手边的蓝色水杯外壁已斑驳脱落，旁边散落着几支加班用的雀巢牌红茶。印象深刻的是一个饮用完洗干净的片片橘罐头瓶子，外皮标签已经被你拆了，玻璃瓶里装着小半瓶散装的枸杞。一个旧瓶装着的散装枸杞，它是一个异乡人本来的形象。即便进入大城市，已经买车买房，能够利索地说上一些场面话了，但随身携带的故乡，血液里的父母、县城的兄弟姐妹，仍在执拗地发生作用。

也因为是异乡人的缘故，需要格外地努力。日复一日地通宵加班，终年不消散的黑眼圈。都是为他人做嫁衣裳，却要付出百分之两百的精血。默默忍受着繁华大都市对鲜活青春的残酷压榨。华服不存在，丽影是幻影，时刻被一种大的荒凉笼罩。

昼夜颠倒的生活，外卖点餐是常事。有回晚上加班，小宋拿着外卖单要大伙分头点盖浇饭。你在琳琅满目的菜单上看了很久，里面有烧鸡烤鸭烧腊爆鱼咖喱牛肉等大菜，可最后你选了雪菜肉丝。肠胃最能把人打回原形，它源于一个人本来的样子和对故乡最深的记忆。当你拿着冷掉的饭盒，打开微波炉，预备把它放进去加热时，一旁的小褚看到后大叫 :“饭盒不可以放进微波炉的，会爆炸的。”

你听后脸红尴尬，端着饭盒连声说不好意思。一个从浙东渔场来到魔都打工的男孩子，拼命地想褪去这层过往的寒酸外壳，但当它和大城市迎头遭遇，在未来的挤压之下，却显得既哀伤又拧巴。

项目多而加班过于频繁，致使这家设计公司的人员流动量很大。跳槽去业内更大的设计公司，或者不做设计了直接去当甲方，这是公司老员工经常做的事情。可唯独你在这家公司一待就是十年，也没见你谈女朋友，青春都给了这家设计公司。

这些年，周边朋友和曾经的同事都无孔不入地告诉你完全可以去一个待遇更好的公司，靠着十多年的设计工作经验，做甲方多轻松。也有大娘式的人物给你介绍世俗而精明的上海女人，不说娶个上海女人房子、人脉都有了，就是有个女人周末给你炖汤也好啊。朋友圈里，跳槽后的老同事晒着全新的生活：吃着美食，穿着华服，全家人假期旅游。人头攒动下的大好河山，真假难辨的世事安好。你给大家点完赞，又继续埋头熬夜加班。

作为一个成年人世界的异类分子，也有朋友当面或者背后说你傻。但你仍保持一个小地方人的谨慎，守护着内心的精神家园。索性彻底离开这个乌烟瘴气、纠缠不清、乱七八糟的成年人世界，回归自己的本性。以一个异乡人的执着，寻找着与那个来自故乡的故我的关联。你早已深知长伴此生的只有自己，固守着那份如莲花般出尘的孤独，情愿在浮华的大都市做一个清冷的匠人。而这也是你在我心中光芒万丈的原因。

离开公司后，给你寄过好几次礼物。怕被旁人窥到内心暗藏的秘密，每次都会给其他几个熟络的同事也寄上相似的礼物。第一次是七夕节画的水彩仕女图，寄送过程中一再嘱咐张继坦不要把画框玻璃弄坏了，也难为他天生好脾气；第二次是自己手制的朱砂手串，盛在一个彩绘酒壶里，那是在绍兴酒坊游玩时，随兴画的；第三次是你的生日礼物，花了两个月时间刻坏了一堆青田石，终于雕出了有你名字的篆刻印章。

每次知道你收下了礼物，我都会高兴好几天。对我而言，付出是爱，接受亦是爱。那些青春岁月的秘密心事在回忆的阳光里轻轻抖动着枝条和花朵，它们是那样温柔细腻，撩拨着少女萌动的芳心。

后来我离开上海回到老家工作，知道此生缘分已尽，却仍不甘心。有时也会把你写进我的小说里，每次你都会被我写成在生理或心理上有些残疾的人。这样我就能够在另一个虚构的世界里，和你站在同等的位置。

朋友说我这是佛家所说的情执，要破。还推荐给我一本书：美国心理学家克雷格·巴克的《有一种病叫爱情》，这是一本治疗迷恋之爱的书。

只是，爱情这种病症真的能如吸毒上瘾般戒掉吗？如果说人在母胎中时就已经决定了日后会成为一个怎样的人，就像一棵树最后会长成杨树或者柳树，在播种时就已经决定了，那么迷恋之爱就是与生俱来的土壤养分。它会让我在茫茫人海、世事浮沉中找到你，也找到我自己。

就像那天无意中看到你最新的照片，中年发福，发迹稀疏，青春早已不再。一个熟悉的人忽然变得陌生起来，这让我感到恐慌，然而让我感到奇妙而温暖的是，我发现自己并没有因此而停止这份爱。

纵使你已经不再是我爱的样子，可爱却并没有消失，甚至没有丝毫的减损。

爱是这世上唯一戒不掉的东西，它是像岩石一样坚固的东西，它令我觉得很骄傲。

十年后，我喜欢你喜欢得像一只流浪猫

沄希

芒果先生：

今天是情人节。像过去很多个情人节一样，像过去十年一样，我们不会见面。

十年了，有点可怕，是不是？

我猜，你已经觉得我放弃喜欢你了。因为哪能有人像我这样不思悔改呢？

我是真的假装不像以前那样喜欢你了：不再整天发信息给你，分享琐碎的喜怒哀乐；不再到处搜寻你的消息，只为知道你最近是瘦了还是胖了；甚至当你提出来这个城市看看，我回绝了你。

只有你真的以为我不再喜欢你了，我才能冒充一个遥远的朋友来喜欢你。

有人问我喜欢你什么。我答，他很可爱。

你问过我为什么喜欢你，我答，你很可爱。

我问我自己，到底为什么一直喜欢你？我想了又想。因为在你之后，我没有遇到比你更想爱的人。

天阴下来，也许又要飘雪了。遇到你的春日，雪还没消。好冷啊，我缩着两只手，蔫在桌子上，无心向学。你走进来，问了一句："是这间教室吗？"太阳的影子也从外面悄悄走进来，冰和雪慢慢地笑了。我静静看着你的眉眼，觉得你甚是可爱。

雪开之后，天也暖了，校园路旁的树伸出新叶。我问他们，今天看见你了吗，他们说你刚经过。我就赶紧大步追上去。有时候我会和你楼下的丁香花聊聊，猜一猜明天能不能看到你。食堂门口的大黄猫笑话我："你看这个女孩好傻啊，喜欢一个人喜欢得像一只狗。"可我并不在乎，我只要能看见可爱的你，听见你的声音，捕获你的笑容，就心满意足。除非你皱着眉说，这样不太好。

喜欢一个人怎样做才好呢？是爱情不讲情理，我知道你不会喜欢我的，但我还是喜欢你。是爱情没有道理，给我一个痴心妄想的梦。我梦见时间久了，没准你会喜欢上我。

刚才手机响了一下，我也没有期待会是你发来消息。果然不是你。不必内疚，没关系。

有时我很感激即时通信的发明者。如果是从前车马慢的年代，我们应该早就没有任何交流了。我不好意思再写信给你，你也没有理由寄来只言片语。

十年，我换了好多部手机，你的电话号码并没有存在通讯录里，我相信我的记忆力，记得住十一位数字的排列。只是人年纪大了，胆子却小了，很怕接通之后哑口无言。

还是对着聊天框比较自然。你工作不忙的时候会发来好笑的“表情”，我也回发你，你来我往，我把“斗图”当成了调情。你忙的时候偶尔也会找我帮忙，我乐呵呵撇下自己手里的事，尽力完成任务。

“麻烦你了，谢谢。”

“没事，不用谢啦。”

真的不要谢，朋友之间互相帮助不是应该的吗？

十年前的电视剧《奋斗》，你应该也看过。米莱和陆涛说：

“我就喜欢为你做各种事情，我好像一直在等着为你做各种事情。以前轮不到我，现在我从队尾排到第一了。”

没办法，我和米莱一样死心眼。能为你做些什么，我就觉得特有成就感，就像能搞定全世界。

其实，我不知道和米莱比，自己是幸运还是不幸。米莱是富二代，而我穷。米莱喜欢的陆涛和夏琳好了，而你还是单身。

大多数时候，我不想把喜欢你这件事和任何真实或者虚拟的例子做比较。因为你和我都是这世界上独一无二的，我们没有在一起是命运的特殊安排。

今天是情人节，我想见你。明天是除夕，我想见你。这十年间的每一天，我都想见你，只是我不能对你说。

“哭什么呢？十年后我们会再见面的啊。”

我不知道你是不是预言家。从我离开学校那天到今年，正好十年了。你的预言会实现吗？

你出国之前，我们曾差点再相见，不知你最终为什么退了车票。也许是我表现得太过期待，让你感觉到有负担。去年你提过见面，不是我不想见你，是我太害怕重逢来得凌乱不堪。无论我已经等待了多久，但一想到要重逢，我还是会紧张不安，措手不及。

电影《天堂电影院》中老人和多多讲过一个故事：公主答应爱上她的士兵，如果能日日夜夜守在窗台下等她，到第一百天，她就会嫁给那个士兵。已经等了九十八天的士兵，在第九十九天转身离开了。

从前我不懂那个士兵为什么会放弃，后来我明白那并不是逃跑。等待是一件很冒险的事，如果我能确定我在你心里有个位置，我就不会当逃兵。我会勇敢面对自己和你，和你坐下来，吃一顿热气腾腾的火锅，说一说这些年不愿和别人提及的事。

最怕的是遇见梦中的你，尴尬无言，让人肝肠寸断。

我养的狗看穿了我假装成一只猫，假装不喜欢拥抱和亲近。它老是推开我紧缩的胳膊，把头贴在我的胸口，问我为什么总是睡不着。那么聪明的你，怎么会没发现我是刻意控制自己不为难你呢?

或许你一直都是理智清醒的，是我伪装得太无所谓，像一个偶尔在朋友圈点赞的网友。

十年后，我喜欢你喜欢得像一只流浪猫。我不会黏在左右，要你天天来嘘寒问暖。我只会远远地、偷偷地想念。

芒果先生，我好想你。

沄希

2018 年 *2* 月 *14* 日于 LZ

我未说出口的你都知道

汤圆

这是一封我想写给你却不用你知道的情书，我只是想我的心承认一件事情——我大概、也许、确实爱上了你。

第一次遇见你，是通过电话，耳朵遇见了你。

匆匆留下电话号码，却得到了你很快的回应，当看到手机来电显示的时候，心都要跳出来了。你用很温和的声音念出我的名字，我从来没有如此庆幸我叫这个名字，你的气息振动着你的声带，带着点点的鼻音，通过电话，跨越上千公里，在我的耳畔回响，哈利路亚。

第二次遇见你，是通过朋友圈，眼睛遇见了你。

通过手机号搜到了你的微信。只因为你一句你常用微信，我便申请了微信号，认真挑选着当作头像的图片，亦绞尽脑汁地想着昵称签名，还选了你最爱的画家作品作为朋友圈的背景，用着这不熟悉的 App 在网络里搜寻着关于你的消息。

你通过了我的好友申请。我欢欣雀跃却又故作矜持地在对话框中打出一个平平淡淡的“hi”，我都要被自己的矫揉造作恶心到了，但一想到是你，我就又开心起来。

我点击你的头像，打开你的朋友圈。我小心翼翼地，翻找着一切关于你的讯息，搜索着你的一切气息。看见你身上的衬衫，就能联想到你身上阳光而又独特的味道；看见你说你喜欢的电影，就能联想到你窝在椅子里戴着耳机对着屏幕或哭或笑的样子。

第三次遇见你，是通过拥抱，身心都遇见了你。

我冒着八月的日头穿越大半个城市去车站接你。我在人群中一眼就看见了你，却并不走过去。我看着你拿出纸巾，把汗擦干，四处张望着来接你的我的身影，我却躲在一旁的角落里，我看见你拿出了手机，我也急忙拿出了手机。“三，二，一。”我这样在心里默数。手机响了，专属你的铃声。听着电话那头的你问我在哪里，我忍住笑告诉你不要动，我看见你了。我走出了藏身的角落，你也看见了我，勾起了嘴角。你张开了双臂。

在来之前，我告诉自己如果你要抱我我一定不让，周围都是人，多么难为情。

现在，去他妈的矜持，去他妈的难为情，我要拥抱你。

于是，我狠狠地扎进了你的怀中，坏心眼地把全身的重量都压在你身上，坏心眼地想象你会倒下。好吧，你只是用同等的力度把我抱住。我嘟囔了一声“好热”，换来的是你一句“坏丫头”。

原来你都知道，我所有的坏心眼。

我们从来没有过承诺，连亲吻都很少，更多的是牵手与拥抱，还有对视。

默默地看着对方。我喜欢看着你，看着你的眼睛，你的眼睛里都是我的身影，一丝杂质都没有，最是动人心弦。你说你也喜欢看着我。你可是个坏家伙，你总是一动不动地盯着我看，天知道我的脸皮有多薄，假如天不知道，你也肯定知道，因为每次我脸红的时候，你都会掐好时机拥我入怀，你别以为我不知道你在忍笑，你这个坏家伙。

可是，就这样的我们，却分开了。

可能是没有承诺，可能是没有明确过，或者说，我，我们，从来没有正视过这段似是而非的经历，分开，就分开了，没有难过。我这个泪点低到没下限的人都没有掉下眼泪来。

如同相遇的拥抱那样，分别也是一个拥抱。依旧是全身的重量，依旧是同等的力度。我抱住你的时候，我说："是不是不会再见了？"你说："好好考试。"

原来你都知道，我们分开的原因。

我要向我的心承认这件事，我爱上了你。在那段时间，我们从相识到相别的所有的日子里，我都爱着你，我都眷恋着你。

我从来没有跟你说过我爱你，我也没有写过情书，我甚至都没有告白过，可是，你是个坏家伙啊，我未说出口的你都知道。所以，我写下这封迟到的情书，想补上那句"我爱你"。起码，这件事，你不会知道。起码，这次，也让你不如愿一次。

萍水

吴了

故人饮酒致醉

叙旧聊到旧美人

七嘴八舌都是戏

我只是心中念你

一段非凡的奇遇

总有几幅暖心的记忆

心里留着你孩子时的模样

只对我有意义

听友人说，当年只是拌嘴

听友人说，当年早有端倪

只是从未曾爱惜，不懂人事、人理

如今你已为人妻母

敢问

当年可有下嫁意

可想过天长地久

蹉跎十年光景

徘徊百无聊赖

都怪年少轻狂时

未曾留下美丽

美丽的你

三月见底

桃花又开

盼一日，是晴天

你见我时

满心欢喜

如果可以回到从前

穆独致初恋姑娘

秦姑娘：

多年不见了，有想我吗？你是否又读了很多书，和某个喜欢的人去了更多的地方，碰到了更多有趣的人呢？

多年来，我倒是曾经去了更多的地方，也见了更多形形色色的人，可是我却没有遇到一个像你一样让我心动的姑娘。

不晓得你何时会读到这封信，好吧，你可能永远不会读到这封信，又或许当你读到这封信时，你已成为他人枕边的妻子，我已成了人家大腹便便的丈夫，拎着公文包每日穿梭于钢铁森林，恍恍过日。

先不必叹息，当年我们是分开了，可是不也留下了很多美好吗？秦姑娘，还记得我们第一次在哪儿见面吗？想起来了吗？笑了吧。那是我第一次在图书馆和陌生姑娘搭讪，而且还是红着脸，还好你很善良，没有用冷漠回应我。

或许是太喜欢，所以我和你在一起时总是小心翼翼，无比珍惜。挺有趣的时光，相遇相识，相交相熟，最后成为恋人。那是我青春里第一次喜欢上一个姑娘，并且爱得那么用力。

我们在一起时，去了南京、上海、乌镇、婺源。说好毕业三年要去的西藏可惜没有去成，但是这些地方，确实曾经见证了我们在一起时的嬉笑，也记录下两人吵架时各不回头，走到第二个街口却又转回来的有趣。我们爱过，分手，痛过，又合过。

可是，我们到了最后，为什么还是分开了呢？是因为我的平庸与固执，还是你的选择与前进？也对，毕业那年，我找了一个普通的工作，你被保研去了更好的学校，两人的差距确实越来越大。以至于到了后来，两人能在一起说话的频道都不复存在了。

或许，我们从一开始就有差距，只不过被有些东西暂时遮掩住了。但是，时间这个无情的东西总喜欢把一切都冲洗干净，仿佛是六月的大暴雨把院子里的泥泞冲走了，只留下最初光秃秃的水泥地面。这些东西说出口总觉得很无情，却又是无比的真实。

好吧，那么多年，我还是没有释怀。有人说，初恋是最难忘的，非常对。我其实一直都很希望你会成为我的女朋友，然后成为我的妻子，再成为我孩子的妈妈。你看到这儿，会笑还是沉默呢？

我已经猜不到了。虽说我总是很敏感于你情绪的变化，可是这么多年，我自己的性格都变化了好多，更何况不断进步的你呢。

人一生恍恍数十年，如白驹过隙，你说，我们会为这个世界留下什么呢？只是一捧泥土吗？我现在终于明白了，人的差距从出生到死去一直都有的，而我显然已经成了曾经最厌恶的平庸之人。或许开始的时候，我本就是普通人，只不过不愿意承认罢了，而“泯然众人矣”的哀叹从来就没有落在我身上。

你说，我还是过去那个常约你去图书馆看书讨论诗词，喜欢和你在操场散步时高谈阔论的年轻男孩吗？那时我总是说，以后我会怎么怎么样，会做到什么。可是从学校毕业那么多年，我好像什么都没做到。

而你或许早已经跳出来了吧。而我一直在那口小井里，成为了青蛙，从年轻时不愿意去跳，到现在老得跳不动了。

就写到这吧，生活不如意十之八九，常想一二。如果可以回到从前，我还想和你做恋人，不过这次，我一定不会轻易放弃这段感情。

祝君好！

沈默

2017 年盛夏

你比夏日更美丽也更温婉

莎士比亚

我能否将你比作夏天？
　可你比夏天更美丽也更温婉。
五月的蓓蕾终将被狂风摧残，
　夏日的驻留何其短暂。
一时烈日当空仿若天空的巨眼，
　转眼它的金彩又因乌云遮蔽而晦暗。
世间一切娇艳总会凋零又被更替，
　见弃于机缘，那无常的自然。
唯有你，是永恒的夏，
　你的美无从褪色。
连死神也毫无办法，
　你在我永恒的诗中长存。
只要世间尚有人吟诵，
　这诗就将不朽，使你万世流芳。

感卿深情，敬卿大体——花月尺牍四封

徐枕亚

I　向女士索照片书

/

吾爱镜阁：

雪肤花貌，一往情深。犹忆着藕丝衫、曳柳花裙，绕廊履响，步步引人时，已令仆此心如醉矣。再通积愫，许缩同心，自顾鲰生，何敢别求非分。仆以为吾爱之不忍峻拒者，感仆之情也，然而可人如玉，咫尺银潢。水佩风裳，徒劳遐想，仆非木石，能不作伤春杜牧耶？一病三月，百事俱废，而《会真记》所谓“隅墙花影，疑是玉人”者，犹觉色授魂与，如在目前。引玉抛砖，故以影片为媵。讵料有投无报，良用踌躇。岂天仙化人不欲以色身斥世耶？抑凡夫俗子不堪呼画里真真耶？强起拈毫，率成四绝，敢尘妆次。尚乞扫眉才子，亲加红勒帛也。诗曰：

万花如雨散缤纷，宝马香车护暖云。不是蒲东萧寺里，背人私语溜双文。

——其一，咏《会真记》

情丝绾住奈何天，似合还离亦夙缘。记否氤氲新使者，帘前燕子故衔笺。

——其二，咏《燕子笺》

锦字瑶函剧有情，果然怜我愈怜卿。笑他钗合浑多事，苦指双星为证盟。

——其三，咏《长生殿》

为郎憔悴近如何，一水盈盈隔爱河。可有散花天女在，幻形来伴病维摩。

——其四，咏《真真记》

读此可以知仆矣。竹床石枕，何地清凉？苟有仙子凌波，翩然而下，则芙渠出水，鲜艳异常，俾烦抱尘襟，一喷一醒。较之浮瓜沉李，接武南皮，其轩爽当有过之。伫盼未已，幸弗终靳。至嘱至嘱！某顿首。

II 女士拒索照片书

/

吾友雅爱：

载诵新诗，使我心痗。侬曾与君有一面缘者，岂虑重来崔护，迷却桃花一笑耶？窃谓婚姻之好，重在问名。媒合者委曲构成，彼此犹如陌路，必至亲迎之夕，画堂桦烛，始露容华，瘦短肥长，敢憎环燕。然而潘郎嫫女，每至仳离，即使妇是施鬘，男非徐美，亦有以自伤怨耦，抑郁以终者。此宜为时流所诟病也。风气所激，强欲破除，一往一来，辄言交际，于是有大家闺秀，堕一藩溷者；有垂髻少女，下婚厮养者，非饵其色，即攫其利。朝朝暮暮，回首皆非，不可慨欤！侬之遇君，两心相印，妍媸之别，自在鉴中。岂必以身外之身，置诸左右哉。谨贡四诗，即以见志。

诗曰：

绝世丰神想见之，相思相望两情痴。宰官门第闺人体，羞煞迎风待月词。

——其一，咏《会真记》

好事由来易折磨，尽教曲唱懊侬多。新诗并入呢喃语，解事全凭卖药婆。

——其二，咏《燕子笺》

往事何曾诉女牛，未央太液可怜秋。是谁夜半闻私语，比翼连枝记得否。

——其三，咏《长生殿》

不隔天涯隔一纱，借将药臼捣丹砂。羊家若欲留条脱，早作当年萼绿华。

——其四，咏《真真记》

诗不如君，意若相属。苟能勉允，名且不惜，身且不惜，矧故纸堆中物耶？非自珍爱，具有苦衷。缱绻之司，尚祈速发。复询近状。某裣衽。

III 再索照片书

/

爱卿一粲：

五云飞下，霏玉穿珠，质诸古人，当亦拜卿慧舌也。仆岂不知卿之恐遭萋菲者，故不肯以庐山真面，落人掌握。然荷卿殊宠，许附茑萝，今已忽忽浃旬矣，不特垂髫旧交，忘年老友，未敢轻道只字，即亲如姊妹，尊如舅妗，亦仅知求婚某氏而已。惟老母于仆，夙所钟爱，定省之际，业经婉曲上陈。感卿深情，敬卿大体，渴欲一望颜色，借证仆言。不然姑射轻盈，洛神秾艳，仆亦盟诸心坎，岂尚待遗神取貌，置诸笔床砚匣间哉。老母尔音金玉，决不愿微露圭角，且此举关系绝巨，流长蜚短，人何以堪。仆因慈命谆谆，故敢重为之请，果能博老人一笑，固不待洞房红烛，待晓堂前，向夫婿商量深浅也。临颖神驰，无任翘企。某谨上。

IV 寄照片与某君书

/

吾友赐盼：

君之嬲我甚矣，一波未平，一波又起。是直以侬为儿戏也。尊堂高年人，墨守绳尺，度不以此举为然。即或曲谅儿心，于侬不加责备，屋乌之爱，已属徼幸，焉敢新妆空巷，出斗万人，作宠柳骄花之计哉。且侬夙好淡冶，云纱雾縠容或相宜，而衣短露腰，裙长覆足，苦于拘束，未愿效颦。姊妹行咸以头巾目我，故所摄小影，强半是清癯瘦削一流。髻非走不落，鞋非错到底，不过葳蕤自守，异于对门之洛阳女儿而已。检点针箱，存者无几，姑撮其一，以慰堂上。此系暮春天气，拈香大士，归途留为纪念者。倚阑小坐，不教脂粉污人，竹露松风，别饶点缀。袁随园诗云：“观音无别乐，受尽美人头。”侬不敢自命美人，而堂上慈悲，或与观音临风一拜也。君事已如所望，正宜调摄病体，渐冀复元，一面委曲进口，俾吾父可了向平之愿。徒恃儿女之私，谬通情好，其能久乎？君亦解人，奚烦絮絮。秋风多厉，强饭为佳！复问近绪，并叩太夫人懿福。某裣衽上。

真正的爱情永远会像新婚床上那样热烈

毕尔格致爱丽丝·汉恩

爱丽丝：

一个活泼敏捷而又热诚的女郎，因为我们魂与灵的交流，让爱情之火熊熊燃起。

她拥有能满足一个勇敢男人所需要的一切东西：秀丽的面孔、温柔的性情、善良的态度、纯洁的习惯、崇高的地位和丰厚的财产。即便她的魅力将我迷得神魂颠倒，成为我痴心爱着的对象，然而那神圣的、关于真理的表达，我还是压抑不住——

亲爱的小姐！我想让你成为我晚年的慰藉。你是我在人世间长久盼望的人，直到遇见你，才觉得相见恨晚。无论精神上、心灵上、意识上，我都希望成为你的唯一，成为在世间拥有最大幸福的男子。然而在我们被某种热忱引导着迈出那重要的一步之前，本着负责任的态度，我首先想提醒你，借着我的忠实忏悔的机会，你得严格地自我检查一番你所有的倾向和要求。否则过早地迈出那重要的一步，将来有可能会让我们彼此陷入不幸。因此，我愿意倾诉我的内心，说明我的外在。让你认识我，比认识我自己还要重要。

首先，关于我的精神和雄心，你可以从我那些公开的作品中有所了解。你可能完全满意那些作品，然而，单看那些可能会造成你的错觉。我得老实承认，人们在我的作品中能发现一些可取之处，这些不至于玷污那高贵的精神和雄心，但却不能被当作我心灵完全高尚的凭据。这就好比花朵看上去固然美丽，但不代表开放这花的树种必然是美丽、健康的。

一棵良种花木虽然能开出美丽的花，但内里可能已被虫蛀得快腐朽了。过去，你和所有认识我的人对我印象都不错，可现在说不定会把我看作那朽木。

生活中的风雨已经将我的花、叶、枝、干摧毁了。当我还是个青年时，如果有一个好的环境，那么按天性我原本早就能成为另外一种人了。可事实上，我没能成为那样的人。许多无聊的烦恼折磨着我的心，我失去了勇气和信心，变得迟钝、萎靡，觉得自己愚笨无知。用一句话来评价，我觉得是：一个最没用的笨蛋。不管是谁见到我，都会暗地说：这个人什么都做不到！我相信这一点，所以感觉忧伤、苦恼。当一个人被忧伤、苦恼缠绕，他就没法在别人眼里表现出快乐活泼的状态。

可我原本没这么忧郁的，有更欢愉、幸福的倾向，倘若我那圣洁的莫莉和艾多民德还在的话，我相信我的晚年之路自然光明且顺遂。因为她们俩的爱情充实了我的头脑，让我心里充满生机和力量，那时候，我觉得自己开始明显恢复了，我开始相信从前的忧郁是罕见的，我心爱的妻子对这一切也完全不用烦恼。可是自从她们去世之后，我还能为身心恢复做些什么呢？

只有爱情，现在想要起死回生，只能依靠非同寻常的爱情。就好像一件已经坏了很久的乐器，将它修好，从而再次弹奏出新的曲调。这值得我去耗费精神。但是，可以吗？即使修好，今后这乐器就一定能够补偿修复它所付出的代价么？唉！就身体和心灵的健康状况来说，我只是个普通人，一如天下千百万庸庸碌碌的人。为什么那些有理智的人，因为我的几首好诗，就认为我很特别呢？你的赏识让我惊讶。

现在，再讲讲我的过去吧。我曾经娶过两姊妹做妻子，这是一段漫长而特别的往事，难以尽述——我和我的爱人彼此有着同样的爱。唉，这些年发生的不幸，这些年爱情与责任心之间的拉锯，要是我愿意详述，我可以写出一本书来——*1784* 年，我的第一位夫人因患家族遗传的痨病逝世了；*1785* 年，我和我心中唯一最神圣的爱人结了婚，但好景不长，她在生下我最后一个女儿之后，也因为痨病在 *1786* 年 *1* 月 *9* 日告别了人世。我得到过她，又失去了她，这深深影响了我，这影响明白地表现在我的欢歌与悲词中。往后的日子，我怀着对她们的思念，孤独而悲惨地活着。

爱丽丝，现在站在你面前的就是这样的一个人，他还能吸引你吗？我刚才所讲的，都是自己不好的地方。一个人既然没有掩饰自己重大的缺点，那么他也应该得到机会讲讲自己的优点吧：对于爱我的和我爱着的妻子，我不会让她的生活有哪怕一点儿的不幸，如果我爱着她，照顾着她，那我绝不会让她享不到福。因为既然她是我的爱人，那这份爱就不会改变。“婚姻是爱情的坟墓”这句话虽然很流行，然而我绝不会对心爱的妻子日久生厌。只有那些不配使用这个神圣名词的、虚伪的爱情，才会在婚后的床上逐渐冷淡下来。属于我的，真正的爱情，永远会像新婚床上那样热烈……

等你考虑完我的这些话之后，是否仍不顾我的提醒，只要对我的身体状况等方面不至于厌恶，仍然愿意让我做你的爱人？关于这一点，请坦率直说。我愿意改名换姓，偷偷去你的住所看你，绝不会告诉其他人。另外，我还想看看你是怎么生活的，看看我理想中的恋人是不是与我匹配。

对于一段幸福的婚姻来说，精神、志趣、品德、生活方式、习惯、地位、名誉和财富当然是重要的，但它们并不能决定什么。总的来说，我们都是有自己的判断，有主见的人——我们必须找到一种彼此获得愉悦的方式——这种愉悦不仅来自青春和美貌，还需要一种言语无法形容的东西。这种东西无法描绘，也难以书写，只能存在于彼此心里，靠感觉来获得它。

有了这种前提意识之后，我们在初次见面时就会产生一种感觉，即我们能不能以一种特别的结合方式，给人们带来欢乐，能不能让我们彼此觉得特别快乐。

爱丽丝，爱丽丝！这封信就用我一种真诚、神圣的誓言作为结束吧。凭着永世长存的上帝，凭着你自己的祝福，凭着一个即将照顾你，胜过照顾他自己的男子的祝福，我给你明确的答复：如果你觉得自己没办法带着足够的爱来投入我的怀抱，就请你不要选择我当你的丈夫！

我向你发誓，这一诺言对于我同样有效。我会快乐地祝愿：如果我们结合在一起，那么上帝会赐给我们无穷无尽的幸福！

1790 年 *2* 月于格丁根

为了你死，为了你生

高君宇致石评梅

致石评梅：

你中秋前一日的信，我于上船前一日接到。此信你说可以做我唯一知心的朋友，而此前的一封信又说我们可以做以事业度过这一生的同志。你只会答复人家不需要的答复，你只会与人家订不需要的约束。

你明白告诉我之后，我并不感到这消息的突兀，我只觉得心中万分凄怆！我一边难过的是：世上只有吮血的人们是反对我们的，何以我唯一敬爱的人也不能同情于我们？我一边又替我自己难过：我已将一个心整个交给伊，何以事业上又不能使伊顺意？我是有两个世界的：一个世界一切都是属于你的，我是连灵魂都永禁的俘虏；而在另一个世界里，我是不属于你，更不属于我自己的，我只是历史使命的走卒。假使我要为自己打算，我可以去做禄蠹了，你不是也不希望我这样做吗？你不满意于我的事业，但却万分恳切的劝勉我努力于此种事业，让我再不忆起你让步于吮血世界的结论，只悠悠的钦佩你牺牲自己而鼓舞别人的义侠精神！

我何尝不知道，我是南北飘零，生活在风波之中，我何忍使你同此不安之状态。所以我决定：你的所愿，我将赴汤蹈火以求之；你的所不愿，我将赴汤蹈火以阻之。若不能这样，我怎能说是爱你！

从此，我决心为我的事业奋斗，就这样飘零孤独度此一生，人生数十寒暑，死期忽忽即至，悉必坚持情感以为是。你不要以为对不起我，更不要为我伤心。这些你都不要奇怪，我们是希望海上没有浪的，它应平静如镜，可是我们又怎能使海上无浪？从此我已是傀儡生命了，为了你死，亦可以为了你生，你不能为了这样可傲慢一切的情形而愉快吗？我希望你从此愉快，但凡你能愉快，这世上是没有什么可使我悲哀了！

写到这里，我望望海水，海水是那样平静。好吧，我们互相遵守这些，去建筑一个富丽辉煌的生命，不管他生也好，死也好。

1924 年 *9* 月 *22* 日

为了你，我什么风险都愿冒

伏尔泰致奥林坡·杜诺耶

致奥林坡·杜诺耶：

我是皇帝名下的一名囚徒。他们能够夺走我的生命，但是无法夺走我对你的爱。是的，我可爱的女主人，今夜我将见到你，即便我在街区丢掉脑袋也在所不惜。

看在上天的面子上，不要像你信中所写的那样，对我说那些可怕的话。你必须活着，而且保持谨慎。要提防你的母亲大人，就像提防你的头号敌人。

我这是在说什么呢？

要当心每一个人，不要相信任何人。一旦月亮升起，你就得准备好。我将化装离开旅店，雇一辆四轮马车或便车。我们将像风一样赶往斯赫维宁根。我将会随身带好纸张和墨水，以备写信之需。

如果你爱我，请让自己放心，拿出你所有的力量和沉着的心态来帮助自己，别让你母亲察觉到任何事情。尝试带上你的画像，并确信，最残酷的折磨的威胁，也不能阻止我为你付出。

不，没有什么力量能使我们分离，我们爱的基础建立在美德之上，它将会延续下去，就像我们生命一样绵长。

再见，为了你，我什么风险都愿冒，因为你的价值远远超过那一切。

再见，我亲爱的甜心。

阿路埃

1713 年于海牙

你认识我时我是孩子，但今天我已成为男子汉了

缪塞致乔治·桑

小乔治：

昨天和你分别后，我问母亲要钱，准备上比利牛斯山，四天之后我就出发。没人知道这是为什么，但我要把原因告诉你，我不是害怕，也不是难为情。我想最后再见你一面，无比确信自己能够做到这一点，可是，我承受了最后的打击。

五个月了，那可悲任务充满斗争和痛苦，但此刻我要重新开始履行它。又一次，我们将会被山海所隔。但这也是对我最后的一次考验了。我明白自己付出的代价会有多沉重。不过，唯有这样，当我和先父相见于黄泉之下时，才不会被他称作懦夫。我会尽我所能，努力生活。我会在那儿赚到钱，如果上帝允许的话，我和我母亲还能相见，但是我绝不会再回法国了。

以前我觉得你很幸福，也听你这么说过。唯一让

我欣慰的是，我们之间还保持着友谊。可是，当你用温存的、愉悦的心包容我的痛苦时，命运却并不留情。

我要把自己的经历写下来，让世人了解。也许它于人没有什么价值。不过那些步我后尘的人，会看到前方的出路，那些走在深渊边缘的人，听到我掉下去的哀号会吓得脸色苍白。这就是我的任务。别担心我会对你加以指责，正是因为你，我才完成这任务！你掌握着我的生死大权。你的选择总是对的，而我是没什么指望了。记得那天我准备离开威尼斯，一整天，你和我待在一块儿。可是今天，我要永远地离开了。

我要孤独地离开了，一个同伴也没有，甚至身边连条狗也没带。我请求你再多陪我一会儿，最后吻我一次。如果你害怕那一刻离别的忧愁，如果这样的要求会让皮埃尔感到被冒犯，那就直接拒绝我吧。我心里会很难过，但是不会埋怨你。不过，如果你尚有告别的勇气，那就单独见我一面吧。无论在你家，还是别的地方，只要你喜欢，哪里都可以。命运之神的庄严响亮的声音，为什么你竟然害怕去听呢？昨天晚上命运之神透过半开的窗户，给我们传来一曲华尔兹忧伤、怜悯的曲调，当时的你不是流了泪吗？我身上那种受了侵犯的傲气、令人厌烦的痛苦，你永远见不到了。

我们不念过去，不谈现在，也别管将来了，好吗？就让我将你抱在怀中吧。这不是属于某先生和某夫人的告别，而是两个受苦的灵魂、痛苦的天才的话别，是相逢于天上的两只雄鹰，它们受了伤，交换过痛苦的鸣叫，从此各自飞往不同的地方。但愿这一次拥吻，像天上的爱情般纯洁，像人间的痛苦般深沉。我的情人！轻轻地给我戴上那带来痛苦的荆棘王冠吧。别了！这将是你对一个作别世间的少年最后的回忆，哪怕到了垂暮之年，你还能重拾这份回忆。

若你答应他的请求，阿尔弗莱德会感谢你。至于改变他要走的决定的话，别再提了。昨晚上床睡觉前我已经拿定了主意。今早我推开窗户，看到太阳高悬众星之上，却看不出有什么能改变这一决定。尽管你认识我时我是孩子，但今天我已成为真正的男子汉了，请不要怀疑这一点。我没有误解，没有害怕，也不企求什么。你可以说，我是到了绝境，也许吧。但我并非是说这绝望对我造成了什么影响，而是我感觉到了它，我估量着它，控制着它。因此，这方面请你不要再提了，也别担心我会有什么越轨的行为。你说我误会了自己的感受。不，我没有误会，我确信那是我生命中唯一的爱情。我要坦率地、大声地告诉你：不管是孤身一人还是身处人群中，五个月了，我时时刻刻都在面对这一爱情，我明白它是难以抗拒、不可抵挡的，但是，我也有着不可战胜的意志。这二者相互之间都没办法摧毁对方。最后哪一方获得更大的优势，就取决于我自己了。

这一切，请不要劳神去思索了。我已经考虑得足够久了。我想见你，不辞风险，做出这一决定前我早已经估量过所有的可能性。所以请相信我，别为此伤心，我心中一点苦楚也没有。我也跟布洛兹写信了，今天还和他共进晚餐，聊了一下买卖的事，以便可以在那边弄到钱用。我很可能先去图卢兹的叔叔家（我经常跟你提到的那一位），再从那里出发，前往比利牛斯山，一两个月之后，再经水路，从比利牛斯山前往加的斯去。

心上人，我对你，就像教士、信徒和殉道者热爱自己的上帝一般。我正为爱情而牺牲，为那不可言说的、永恒不变的、绝望而失落的极致的爱情而死。而受到热恋和崇拜的你，是爱的拥有者。为了你的爱，我可以献出我的生命！

别了，我心爱的乔治。

你的阿尔弗

我愿意

戴文子

我愿意，在每一个想你的时刻，都能有纸和笔，写下最为之心动的句子，却不告诉你。

我愿意，一个人，听赵雷的歌，看理查德·林克莱特的电影，在每一行文字、每一段旋律，以及每一个镜头中，寻找你。感动你的感动，快乐你的快乐，忧伤你的忧伤。

我愿意，为你歌唱，变成你最爱的嗓音，并不熟练地拨弄一把尤克里里，在寂静无人的秋夜里，唱出我心间最美好的情绪。

我愿意，撕开所有的伪装矫饰，抛去所有的含蓄怯懦，透支我今生前世的所有运气，忘却所有的工作，穿过漫长的街区，只为能够见到你。

我愿意，在这株紫椴下一直等你，迟到是你放弃的特权，失语是我笨拙的开场。你在晚秋的微风里盛开如莲，从濂溪的字句里，轻缓而有韵地向我走来。

我愿意，慢慢品啜这杯淡淡红豆味的豆浆，你不会发现，你昨夜未眠时萌动的小小心思，此刻已尽数被我捕获。我压抑着心头的阵阵暖意，拼尽全力，讲出一个愚笨透顶的笑话。

我愿意，公车再慢一点，再挤一点，再晃一点，这样，你也许就会拉着我的衣角，更久一点，久到我终于鼓足勇气，伸手牵过你的指尖。

我愿意，此时生病的是我不是你，我话太多，你话太少。我不想你每次咳嗽时，自己都要心头一紧皱眉头，强忍住拥你入怀的旖念。

我愿意，你再说一句好烦好讨厌，在每一个我碰巧说对你心思的瞬间。你轻拍我的臂弯，历数着我们所有的共同点。虽然，你已拍打我二十七次，我却仍在喋喋不休，毫不厌倦。

我愿意，就这样在你身边，跟着你的脚步，顺应你的脾气，满足你所有的期许。你反复问我，为何总是如此迁就你。姑娘，你何必逼迫一个腼腆的人说出你明知故问的答案？我这些自然而不自知的举动，全部都是因为你啊。

我愿意，在人头攒动的长队里，高高地把你托起，让你看见别人都看不见的风景，可惜我没有一米八七。你轻轻捏动我的掌心，嗔我一眼，你听见了吗，这一刻，我心跳漏掉一拍的声音？

我愿意，在你碰到熟人面露尴尬时，躲到一边，化作空气。而你却不曾察觉，当你的纤纤柔荑挣脱我的掌心，我脸上透露的那丝怨愤与失落。

我愿意，当你走累时，寻一块草坡与你并肩而坐，望湖面清风徐来，水波潋滟。夕阳正好，我缓缓说出如梦似真的故事，向你坦白那些曾经爱过的姑娘。你突然靠在我的臂弯，毫无防备的我，开始无比憎恨自己瘦削的身形。

我愿意，在每一个你不经意回头的瞬间，偷偷看你美丽姣好的侧脸。你眉眼低垂，不愿正视我的双眼。我愿意接受，却多少不解；我可能理解，却又不愿意接受。

我愿意，在日落后的城市傍晚，牵你越过川流不息的车水马龙。你在我耳边轻问：“我们还有回去的零钱吗？”啊，我们，我们，你说了我们，多么美好的字眼！

我愿意，这班早到的轻轨永不靠站，让我把所有的童年往事都向你说完；我愿意，离别时的再见过后还有再见，临走前没说出口的请求，对着空气，又独自演练了一遍。

……

其实，还有很多很多的“我愿意”未曾实现，在我每个辗转反侧的寂寞深夜，伴我无眠，替我想念。

我愿意，在未来的岁月里，上午一瓶百事可乐，下午一瓶冰糖雪梨，晚上一瓶AD钙奶，可以由我递送到你的面前。如果可以，请把我送你的银花胎菊也喝下一点；我愿意，在二十岁生日那天，亲口告诉你，十八之后是十九，十九过后复十八。如果你不想长大，我就把世界变成你的乐园。

我愿意，重走踏过生死的雨崩，只为带你去尝一尝“吹弹可破”的松茸炖土鸡；我愿意，和你一起去哈尔滨看冰雕，告诉你那年在北方青旅发生的故事，去看索菲亚教堂上翩跹飞舞的白鸽。

我愿意，和你一起看一本两个人都喜欢的书，阳光从窗台照进来，看累了我们就看看彼此，无声接吻；我愿意，和你静静地看一场印度电影，*Rab Ne Bana Di Jodi*，挤在小小的电脑屏幕前，分享一副耳机，相互依偎。

我愿意，拥你入怀，轻轻吻你，不是你的唇，不是你的手，而是你额头那道浅浅的疤痕，我想抹平你外在的伤，也愿拂去你心底的痛；我愿意，把每一段有你的时光都写进文章，不要评论，不要点赞，不要打赏。只是希望你能看见，并不讨厌，也不会诘问我，你以为你以为的就是你以为的吗？

我愿意，当我垂垂老去，无力动笔时，还能重读叶芝的诗歌，看杜拉斯的小说，每行每句想到的，都会是你。

千言万语，涓滴意念。此时此刻，我能想到的最深沉的情话，不是那三个字，也不是“在一起”，只是“我愿意”。

等等，还没结束，还有一个我愿意，最后一个！

我愿意，牵手这样的你，一分不多，一丝不少，如此正好；我愿意，成为一株紫椴，长在你经过的地方，任风吹雨打，仍伸展着枝叶，不摇曳，也不凌厉。在你经过时，能有一方绿荫为你守候。因为播撒在泥土里的爱，已让我有了承载的勇气。

我是个不完整的人，心早已支离破碎，一阴天，里面就开始漏雨。也许终有一天，也许没有那天，你会愿意，对我说出一句“我愿意”。

你会吗？我等待你的答复。

十月的风留在十月底，见面的人留在见面里

町夏

这一路走来，多亏你不嫌弃。

——写在陪男朋友度过的第六次生日这天

我们认识七年了，但是还够不到七年之痒。

那时候我们初一，你还是一个玩世不恭也并不好看的男生。而我，也算是典型的乖乖女。我自认为我那时候什么都好，心比天高，唯一不好的地方，就是心思不在你身上。

那时候我坐中间第一排正对黑板右数第一个位子，我的同桌是梁欢，你特别好的哥们。在一年前的寒假聚会上，他从东北赶过来，半醉半醒地拿着酒杯跟你说：你们结婚的时候我一定会来，不管我在哪。

我心里突然就涌起一股热浪，然后看你端起酒杯，好像喝掉了这份感情里曾经出现过的所有风波。

那时候你坐中间第二排正对黑板右数第二个位子，你总是一副高高在上的样子，好像除了篮球和兄弟，对别的毫无兴趣。后来我才知道，那时候你心里还藏着一个女孩子，青葱岁月，什么都不为，可能只为那一次毫无预兆或者酝酿已久的悸动。

后来我们走在山建的路上，一起吐槽你曾经喜欢的那个姑娘，然后我突然沉默。你问怎么了，我说，如果我们没有走到现在，可能现在被吐槽的那个姑娘就是我。

你认真地看着我，然后哈哈大笑。我没告诉过你，或许你也应该知道，你笑起来的时候眼睛周围会出现一团小笑纹，皱巴巴的，也没比我笑起来好看到哪去。

我猜，如果你正读到这句话，那团小笑纹肯定会准时出现，对你不离不弃。

中考出分校通知的那一天，我们被人群挤在两边，一边是老一中的学生名单，一边是新一中的学生名单。你的名字会出现在老一中的那张纸上，这是很久之前我们就知道的。镇一中人潮汹涌的门前，我并没有看到自己的名字写在哪里，只是很清楚地记得对老师撒过的第一个谎，是在分配学生高中三年在哪上的时候，说自己是住校生。

最后，我也没在老一中。

刚开学的那几天，我每天在被窝里都会想你想到哭。可是，毕竟我是一个生存能力很强的人，在新的学校，我又有了新的朋友，开始了新的喜怒哀乐。

有一次考试，我考到班内 *34* 名，在那周的班会上，班主任依旧在放励志视频，给我们灌鸡汤。而我在座位上，看到你刚带给我的那些信，你写了两页密密麻麻的纸，我知道，那工整的字迹，一定浪费了你一下午的自习时间。还有一封是杨萌的，她写了好几张信纸，还用胶布粘起来了，怕被你看到我们的小秘密。

心情失落的时候，最怕别人恰到好处的安慰。而你们的慰问，确实是恰到好处了，所以惹了我一整个晚自习的眼泪。

那些信我现在还保存着，只是时间久远，我再也拿不出当时一半的热情，去安静下来给一个人写一封长长的信了。那些遥远的弥足珍贵的事情，还好有你们的印记。

高二文理分科，我文你理。高二的那个夏天发生了很多事情，让我无力回忆，却记得很多暴风骤雨。

很多个冬天回家的周六早上，我不知道你是几点开始在雾气朦胧中起床，然后在仍泛着夜色的微凉清晨，从老一中的男生宿舍来到新一中的女生宿舍楼下等我，那大概隔了一座山与一条河的距离。而你，大费周折地来到我的宿舍楼下，只是为了陪我走一段从女生宿舍到学校西门的路，然后目送我坐上回家的车。因为我们，并不同路。

高考成绩出来后，你差本科线将近十分，而我则勉强过了二本线。十六岁后，我第一次有那种想要为了某人而奋不顾身的感觉。所以，我跟我爸说我要去陪你复读，虽然最后并没能成功。你还是一个人去复读了。

去年的这个时候再往前一点点，我们曾为了一些小事吵得不可开交。所以在前几天路过济职校门口，看到那座天桥时，很多记忆又冒出来。那些记忆只停留了一会儿，便又被风吹走了。谁都不会从一开始就是模范情侣，谁也不会一路走来没有分歧，所幸的是，一切都还是最初的样子，还有更好的我和你。

“十月的风留在十月底，见面的人留在见面里。”

希望有一天我能带你到这儿来

邓何河

我暂居在一个平凡的小镇，小镇上有一家糖厂。

晚饭后我独自一人在小镇散步。这儿实在太平凡，以致我驻足半晌，才能闻到蔗糖些微的甜香，被春季干燥的风带得不知所终。

但就是那一点点的甜香，我保证，你在北京闻不到，你在纽约闻不到，你在南京闻不到。除了这儿，你在哪儿也闻不到。

希望有一天我能带你到这儿来，我们在镇政府食堂吃过简单的晚饭，我牵着你走在平凡的小镇上。

于是风起。

你在风中，对我说，似乎闻到了一点甘蔗的甜味。

你还是个对未来无忧无虑的孩子

诺贝尔致莎菲娅

心爱的莎菲娅：

昨天你的信一封也没有。我很担心，因为我和你相隔太远，眼下的季节又不适合你虚弱的身体。我身处北方，阳光充足和暖，盼望着你那里气候能和我这里一样。

亲爱的宝贝，你抱怨我信里的话不多，很多事想说又没有说。除非我违背意愿明确告诉你这件事的原因，否则你不会知道。我只能这样做，因为女人往往是以自我为中心的利己主义者，但是，从一开始我就发觉，你似乎没有摆正自己人生中的位置。从那时起，我越来越觉得这是个遗憾。因此，我强迫自己用冷漠的态度对你，常常向你宣泄怒火，不希望你对我情根深种。你可能觉得你对我的是爱，但其实那真实的感受是感激，又或许是尊重，这种感受无法让一颗年轻的渴望爱的心得到满足。也许在不久后的将来，你会真诚地爱上另一位男子。可是如果你已深陷我的情网之中，那时候会不会怪我呢？出于这种原因，我只能用理智压制情感。我并不像你经常责备的那样是个铁石心肠的人，也许寂寞带来的沉重压力，我的体会比别人要更深切。

许多年来，我希望找到和另一颗心灵的沟通之道，但那颗心绝不会来自一个对生活的感受与我无关的21岁的姑娘。属于你的星宿正在天空中升起，而属于我的却是在降落。你的希望因青春而绚丽多彩，而我的希望之光，就像夕阳残照。二者是如此不相称，所以我们无法相爱，但可以成为很好的朋友。

我担忧你的前途，将来如果你和一位青年彼此相爱，我们如今这种不恰当的关系就会阻碍你获得幸福。我知道你一点也不在乎别人看你的眼光，对你有利的是能减少许多烦恼，但别人对你的看法我却不能不在乎。因为如果仅仅有自尊心，却得不到他人尊重，那这种自尊心就像无法经受阳光考验的珠宝。

一想到这些问题我就心烦意乱，见到你生气，离开你又苦闷。可是，虽然你持续不断地给我带来烦恼，但是我知道，你一直是个温柔善良的姑娘。我喜欢你，关心你的幸福超过了关心自身的。至于我的幸福，说来我忍不住苦笑，从出生起痛苦就伴随着我了。但是我的小宝贝，生活已经向你展开了笑颜，这种幸运很少有人能拥有，如果你偶尔还有暂时的失意，不用过多久，一切又会变得顺遂你的心意了。但是，要得到真正的幸福，你的知识层次必须得和地位相匹配。所以你一定得努力学习。你还是个对未来无忧无虑的孩子，最好找一位长辈专门来督促你学习。

您愿不愿意做我的妻子

托尔斯泰致索菲亚

索菲亚·安德列耶夫娜：

一天天下去，我的感情已快要超脱控制。三个星期以来，我一遍遍告诉自己：今天就把一切统统说出来吧。可和您告别的时候，我的心里惆怅、懊悔、恐惧、幸福，可还是开不了口。

每天夜里我想着，像今天这样的一天又过去了，我总会痛苦地问自己："为什么还不告诉她呢？可我怎样对她说，又说些什么呢？"我贴身带着这封信，就是考虑到，如果我又没有向您表白的勇气和时机，可以把信交给您。

府上似乎误会了，觉得我爱的是您的姐姐莉扎。不是这样的。您写的小说使我难以忘怀。您那诗意的爱，让我深信我这个杜勃里茨基不配去拥有，甚至不配有所期待。无论什么时候，我都不会忌妒您所爱的人。而您带给我的快乐，就像我从孩子们身上获得的一般。在伊维奇庄园，我曾经写过："在您面前我清楚地感到自己年老，没有福气同您匹配。"但是从那时开始，我就在自我欺骗。自以为还能断绝情欲，或回屋写作，或陶醉在其他事业中。

现在一切都完了，我感觉自己在府上犯了错，这破坏了我和您之间纯真的友情，我现在真是进退两难。看在上帝的份上，正直的您，请把手从容地放在胸口，告诉我该怎么办。假如一个月以前，我从他人口中获知，这种苦恼可以避免，我会欣喜若狂，可现在我甘愿自寻苦恼，并且沉溺其中。

请您实话告诉我，您愿不愿意做我的妻子？如果您真心愿意，就大方地说："我愿意。"如果您心里哪怕还有一点点的不确定，就干脆说："不愿意。"看在上帝的份上，郑重地问问您的心吧。我当然害怕听到"不愿意"这三个字，但是我已做好心理准备，努力用全部力量来承受这一结果。不过，一想到以后如果妻子永远不会像我爱她一样爱我——那该多可怕啊！

我的霓君，我的小皇帝

朱湘致霓君

我爱：

小东要雇奶妈，就早已嘱咐过了，不必再提。小沅定名叫海士，因为他是上海怀的，士就是读书人，士农工商的士。从前孔夫子说过一句话，叫作“仁者乐山，智者乐水”，意思就是说，慈善的人爱山，因山是结实的；聪明人爱水，因为水是流动的。小沅是海水旁边怀的，我替他起个号叫伯智，就是希望他做一个聪明的人。“伯”是行大，聪明的人同尖巧的人不一样。聪明的人向大地方看，尖巧的人只看小的，尖巧人只是想着害人。小东定名叫雪，因为你到北京，头一次看见雪，刚巧那时你便怀了小东。并且雪是很美的一件东西，它好像一朵花，干的雪你仔细看一看就知道它是六角形，好像一朵花有六瓣花瓣，所以古人说“雪花六出”。她号燕支（燕字读作烟字一样，不是燕子的燕），因为古时候有一座山，叫燕支，在北方古代匈奴国的皇后，她们不叫皇后，叫阏氏（就是燕支这二字），便是因为此故。小东是在北方怀的，所以号叫这个。我替你取的号叫霓君（这两个字我如今多么亲多么爱），是因为你的名字叫采云，你看每天太阳出来时候或是落山时候，天上的云多么好看，时而黄，时而红，时而紫，五采一般（彩字同），这些云也叫作霓，也叫作霞（从前我替你取号叫季霞，是同一道理，但是不及霓君更雅）。古代女子常有叫什么君的，好像王昭君便极其有名。

说到这里，我可以告诉你一个笑话：从前汉朝有一文人，叫东方朔（姓东方，名朔），这人极其好开玩笑。有一天皇帝祭地皇菩萨（这祭叫社），不用说，桌上自然是供一大块猪肉了。这块肉（大半是半个猪，或者整个）照规矩祭完神以后，由皇帝下令，叫大官分了带回家去。有一次这位东方先生性子急（不知是不是他的太太叫他 *12* 点钟回去吃中饭，那天祭祀费时太多，已经一两点钟了，他怕回去太迟，太太要不依，说他只管自己，不顾别人等他，或者说他偷去会女相好，谈话谈忘记掉了，不记得回来吃饭了）。无论如何，总是他过于性急，不等汉武帝下令，他自己就在身边拔下了宝剑来（古人身边都带宝剑）在猪肉上头割了一块就走。但是被皇帝知道了，叫他说出道理，如若说不出，便推出午门斩首（这自然是皇帝同他开玩笑，因为皇帝很喜欢他说笑话）。这位东方先生毫不在乎的说：我割肉你应当夸奖我才对，为何反来责备我呢？你看我拔出剑来就割，这是多么勇敢！我割的刚好是自家分内应得的，不曾割别人的一点，这是多么清廉！拿肉回去给我的“细君”，这又是多么仁爱（细君就是“小皇帝”“小先生”，就是说的他太太）！皇帝一场大笑，放他走了，并且叫人跟着送一只整猪到他家里去。东方先生的太太自然是说不出的快活。本想骂她的先生一场的，也不骂了。这是提起君字，想到的一段故事。以后作文章的人、读书的人叫妻子作细君，便是这样起来的。

这个故事，我的霓君，我的细君，我的小皇帝，你看这有点趣味吗？我如今在外国省俭自己，寄钱给你，别的同学是不单不寄钱回家，有时还要家里寄钱，你看我比起东方朔先生来，也差不多吧？我想我寄回家的钱，总不止买一头猪罢？

亲爱的霓妹妹，你自己身体也要保重，省得我记挂。哀情小说千万不要看了。如若有时闷点，到亲戚朋友家中走动走动。小沅、小东近来都很好吗？夏天里不要买街上零食给他们，最危险，最容易传染病。年纪越小，越要多睡觉。夏天里房中可以常常多洒些臭药水，这几个钱绝不可省，雇老妈子、雇奶妈子都要老实、干净的，千万不能要脸上身上长了疤疤结结、长了疮的，那最危险。

我接到你 6 月 *12* 号的信说你不怪我当初，我听到真快活。我说的比仿嫖婊子，是比仿，并不是我同某某有什么不干不净，不过那时候我心中有时对不起你，这是我请你忘记的事情。

你头痛是因为过于操心，又过于想我。最爱最亲爱的妹妹，再过几年我们就永远团圆，我们放宽了心，耐烦等着吧。你自己调养自己，爱惜身子，就如爱惜我的身子一样。因为你的身子就是我的身子。我也当然爱惜我的身子，因为我的身子就是你的身子。我们两个本是一个，分离不开的。你务必把心放开一些，高高兴兴，把这几年过了，那时我们就享福了。

永远是你的亲亲沅

7月25日

“不完美”才是完美

你好文森特

那天我们谈到什么样的两个人才适合一起生活，开始这个话题的时候夜已经深了，没有谈下去。这两天我一直在想这个问题，有一点想法想要告诉你。

我想这一定是没有一个固定的答案的，很多女孩子喜欢读一些“好男人该做些什么”“该怎样恋爱”之类的爱情经验文章。我猜想你也一定在空间看到过这一类的文章，我一直阴暗地认为那是些没用的废话，它的作用就是给女孩子织一个梦，哄女孩子开心，这是陆祺们赚钱的手段。我说得有点刻薄，但真的是这样，如果爱情是可以被教会的，选择伴侣是可以像物品一样被度量被计算的，无论这个标准是物质还是品质，我将没法认为相爱是迷人的，值得期待。我坚定地认为相爱是件奇迹，像世间其他美好的事物一样，因为难得所以珍贵。我更相信，两个人温情美好地相伴终老，是因为因缘巧合，是神的恩赐。

是的，我相信宿命。

这两年我听到的离婚或是婚姻不幸福的消息比结婚和婚姻美满的多，以致我对婚姻没什么信心，遇见对的人是一件很难的事吧！但这总还是会让人期待。记不清是在作家六六还是黄佟佟的一篇文章里看到的故事，她讲她的一个闺蜜嫁给了一个外国人，两个人相互都不会对方的语言，所有人都觉得他们不会长久，她也这样觉得，我也是。没有语言的交流，相爱和生活真的难以想象。但是很多年过去了，他们已经有了两个孩子，恩爱如初，让所有的人羡慕。

我知道丰富的物质生活可以让一个女人满足，给她幸福；疼爱有加，百般呵护也能让一个女人安心，感到幸福。但我也知道这不是对所有女人都有效。不是所有女人都会被物质满足，也像你说的，没有心动，“感动是不会长久的”。我觉得一段亲密关系的持久还是需要彼此都感到生活在一起是有乐趣的。而这乐趣也同样没有标准，难以言说。

就像我永远也讲不清，为什么有你在的时候我会感到愉快，为什么你不在的时候我会思念，为什么我会把我们的聊天记录读了又读，为什么我把你的照片看了又看。这是个奇妙的感受，难以言说。

很多次我想象了我们在一起的样子。我们一起去旅行，去西塘去丽江去我喜欢的迷笛音乐节；或者我们只是去逛公园，还要带上一个小不点（我要让你知道我喜欢小孩子，我知道你也喜欢）。我想到我为你画像，想到一起吃饭洗碗。想得疯狂浪漫，也想了那些平淡日子里的细枝末节。我也知道做什么事是不重要的，重要的是在一起的感受，重要的是我们在一起生活变得有质感，内心平和、丰盈、欢喜。

我想起我喜欢的电影《心灵捕手》里面的一段对话，我把它讲给你。

威尔：在我眼中，这女孩现在很完美。我并不想破坏这种完美。

肖恩：也许现在你很完美，你并不想破坏你自己的完美。但我觉得这是一个极妙的哲理。因为这样你可以一辈子不用认识任何人。人们称之为“瑕疵”，但其实不然。“不完美”那才是好东西，能选择让谁进入我们的小世界。你并不是完美的，你认识的那个女孩也不是完美的，但关键是你们能否完美地适应彼此。亲密关系就是这回事。

距离我对你表白已经过去十天了，我给你读诗、画像还有写这样的情书，噢，昨天写的那首诗也是写给你的。我做这些事特别希望你是喜欢的，我愿意做这些。我希望有机会更多地了解你，你也能接纳不完美的我走向你。你说你是慢热审慎的，我要你知道我也是严肃的，我的热情是害怕错过你，我很希望听到你也和我分享你的感受。

我很期待和你在一起，但愿你也是同样期待的，至于我们两个是否适合牵手走完一生这件事，就交给神来安排吧！

绝没有另外一个人能够占据我这颗心

贝多芬致不朽的爱人

我的不朽的爱人：

我躺在床上等待入睡，但整颗心都在你的身上，我时而欣喜若狂，时而悲痛欲绝。我期待着命运的判决，不知道它会不会善待我们。我已决定，要成为你生活的一部分，如果不能，我将四处流浪，直到能拥抱你，直到成为你的家庭成员，直到你把我给你的心还给我。你知道的，最后一点是我要强调的，因你了解我对你的忠诚，除了你，绝没有另外一个人能够占据我这颗心，绝不可能，绝不可能！

上帝！为什么要让钟情的人偏偏天各一方？生活！为什么充满烦恼？爱人，你的爱让我乐在其中，但是同时又痛苦不已：我这样年纪的人，需要过一种规律的、美满的生活，我们之间能过上这种生活吗？我的天使，每天邮差出发的时间要到了，我必须草草结束，让你能赶紧收到这封信，让你安心。你要爱我，我想念你，想到不知不觉间泪落如雨。你是我的生命，是我的全部——祝愿你安好，啊，你要一直爱着我——永远不要误解你的爱人，他心里对你无比忠诚。

永远是你的

永远是我的

永远是我们的

你忠实的路德维希

但是你没有

一位美国妇女致丈夫

我记得那天我借用你的新车

撞坏了它

我以为你一定会杀了我

但是你没有

我记得那天我拖你去海滩

而天真如你所说的下雨了

我以为你会说“我告诉过你”

但是你没有

我记得那天我和所有男人调情好让你嫉妒

而你真的嫉妒了吧

我以为你一定会离开我

但是你没有

我记得那天在你新买的地毯上

吐了满地的草莓饼

我以为你一定会厌恶我

但是你没有

记得有一次我忘记告诉你那个舞会是穿礼服的

于是你只穿了牛仔裤

我以为你一定要放弃我了

但是你没有

是的

有太多的事你都没有做

而是容忍我钟爱我保护我

有很多很多的事情我要回报你

等你从越南归来

但是你没有

吾灵尚依依旁汝也

林觉民致妻子陈意映

意映卿卿如晤：

吾今以此书与汝永别矣。吾作此书时，尚是世中一人；汝看此书时，吾已成为阴间一鬼。吾作此书，泪珠和笔墨齐下，不能竟书而欲搁笔，又恐汝不察吾衷，谓吾忍舍汝而死，谓吾不知汝之不欲吾死也，故遂忍悲为汝言之。

吾至爱汝，即此爱汝一念，使吾勇就死也。吾自遇汝以来，常愿天下有情人都成眷属；然遍地腥云，满街狼犬，称心快意，几家能彀？司马青衫，吾不能学太上之忘情也。语云：仁者“老吾老，以及人之老；幼吾幼，以及人之幼”。吾充吾爱汝之心，助天下人爱其所爱，所以敢先汝而死，不顾汝也。汝体吾此心，于啼泣之余，亦以天下人为念，当亦乐牺牲吾身与汝身之福利，为天下人谋永福也。汝其勿悲。

汝忆否？四五年前某夕，吾尝语曰：“与使吾先死也，无宁汝先而死。”汝初闻言而怒，后经吾婉解，虽不谓吾言为是，而亦无词相答。吾之意盖谓以汝之弱，必不能禁失吾之悲，吾先死留苦与汝，吾心不忍，故宁请汝先死，吾担悲也。嗟夫！谁知吾卒先汝而死乎？吾真真不能忘汝也。回忆后街之屋，入门穿廊，过前后厅，又三四折，有小厅，厅旁一室，为吾与汝双栖之所。初婚三四个月，适冬之望日前后，窗外疏梅筛月影，依稀掩映；吾与(汝)并肩携手，低低切切，何事不语？何情不诉？及今思之，空余泪痕。又回忆六七年前，吾之逃家复归也，汝泣告我：“望今后有远行，必以告妾，妾愿随君行。”吾亦既许汝矣。前十余日回家，即欲乘便以此行之事语汝，及与汝相对，又不能启口，且以汝之有身也，更恐不胜悲，故惟日日呼酒买醉。嗟夫！当时余心之悲，盖不能以寸管形容之。

吾诚愿与汝相守以死，第以今日事势观之，天灾可以死，盗贼可以死，瓜分之日可以死，奸官污吏虐民可以死，吾辈处今日之中国，国中无地无时不可以死，到那时使吾眼睁睁看汝死，或使汝眼睁睁看我死，吾能之乎？抑汝能之乎？即可不死，而离散不相见，徒使两地眼成穿而骨化石，试问古来几曾见破镜能重圆？则较死为苦也，将奈之何？今日吾与汝幸双健。天下人不当死而死与不愿离而离者，不可数计，钟情如我辈者，能忍之乎？此吾所以敢率性就死不顾汝也。吾今死无余憾，国事成不成自有同志者在。依新已五岁，转眼成人，汝其善抚之，使之肖我。汝腹中之物，吾疑其女也，女必像汝，吾心甚慰。或又是男，则亦教其以父志为志，则我死后尚有二意洞在也。甚幸，甚幸。吾家后日当甚贫，贫无所苦，清静过日而已。

吾今与汝无言矣。吾居九泉之下遥闻汝哭声，当哭相和也。吾平日不信有鬼，今则又望其真有。今人又言心电感应有道，吾亦望其言是实，则吾之死，吾灵尚依依旁汝也，汝不必以无侣悲。

吾平生未尝以吾所志语汝，是吾不是处；然语之，又恐汝日日为吾担忧。吾牺牲百死而不辞，而使汝担忧，的的非吾所忍。吾爱汝至，所以为汝谋者惟恐未尽。汝幸而偶我，又何不幸而生今日中国。吾幸而得汝，又何不幸而生今日之中国。卒不忍独善其身。嗟夫！巾短情长，所未尽者，尚有万千，汝可以模拟得之。吾今不能见汝矣。汝不能舍吾，其时时于梦中得我乎。一恸。

辛未三月廿六夜四鼓，意洞手书。

家中诸母皆通文，有不解处，望请其指教，当尽吾意为幸。

冥冥之中有魔鬼夹在我们中间

爱因斯坦致玛加丽塔

我亲爱的玛加丽塔：

我们之间相互书信难达，不能获知彼此的近况。我不停地苦思冥想怎样解决这个棘手的问题，尽管我的聪慧广为人所称赞，但是目前，我对如何恢复我们书信联系这件事一筹莫展。最近读的一本魔法占卜类的书让我相信：冥冥之中有魔鬼夹在我们中间作乱，正是它把我们往来的书信弄丢了。只愿在家乡宜居的环境中，你能过上称心如意的生活。我工作非常顺利，一切都好。此刻，窝在沙发上的我正叼着你送的烟斗，窗外是温柔的夜色，而我正用着你喜欢的那支铅笔为你写信。

祝万事如意！吻你！

你的 A.E

附：爱因斯坦为玛加丽塔所作的小诗

苦难也好

甜蜜也好

都来自我不能掌控的外部世界

而我只能一个人寂寞地生活着

回忆起过去的事情

我曾有过强烈的痛苦

也曾觉得如蜜一般甜……

让一切都留在恒久的记忆里吧

人类的福利梦和我们的科学梦

皮埃尔·居里致玛丽

玛丽：

我不愿两个月没有你的消息，只有你的消息最让我快乐。换句话说，你的短柬是我最期盼的东西。

此时，我希望你正努力变得更勇敢，说服自己在10月回我们这里来。至于我，会在乡下等你，一整天，或徘徊在花园里，或坐在那扇开着的窗户前。我们说好已经是对方最好的朋友了，对吗？希望你千万不要变卦啊！

千万不要勉强，别让诺言捆绑了我们。话虽如此，如果我们朝夕相处，为梦想着迷、奋斗，为你的爱国梦，为我们共同的人类福利梦和科学梦，这也是很美好的生活图景。可这一切会不会发生？我不太敢去想。这些梦想里，我只能确信实现科学梦是正当的。也就是说，对于社会现状，我们缺乏改变它的力量和方式。

不管我们从哪方面力挽狂澜，企图延缓社会演变的趋势，其实都没法确定这样做害处是不是更大。但是科学领域不一样，我们有希望做出成绩，因为这个领域基础稳固，所以一点点小发现都是新的收获。

好朋友，你看，我们的梦想是不是有联系的？如果这一年中你从法国离开和我不再见面了，我们的友情也太柏拉图式了吧。两人在一起不是更好吗？

我这样问，估计你会不高兴，这事也就不和你再提了，而且不管怎么看，我都觉得自己配不上你。

好想在弗里堡不经意间遇到你，但你在那里就待一天吧？那一天的时光，你肯定要用来和我们的朋友科瓦尔斯基见面了。我对你是绝对忠诚的，请相信。

1894 年 *8* 月 *10* 日

这是我给你的最后的信了

陈觉致赵云霄

云霄我的爱妻：

这是我给你的最后的信了，我即日便要处死了，你已有身孕，不可因我死而过于悲伤。他日无论生男或生女，我的父母会来抚养他的。我的作品以及我的衣物，你可以选择一些给他留作纪念。

你也迟早不免于死，我已请求父亲把我俩合葬。以前我们都不相信有鬼，现在则唯愿有鬼。“在天愿为比翼鸟，在地愿为并蒂莲，夫妻恩爱永，世世缔良缘。”回忆我俩在苏联求学时，互相切磋，互相勉励，课余时间闲谈琐事，共话桑麻，假期中或滑冰或避暑，或旅行或游历，形影相随。及去年返国后，你路过家门而不入，与我一路南下，共同工作。你在事业上、学业上所给我的帮助，是比任何教师任何同志都要大的，尤其是前年我本已病入膏肓，自度必为异国之鬼，而幸得你的殷勤看护，日夜不离，始得转危为安。那时若死，可说是轻于鸿毛，如今之死，则重于泰山了。

前日父亲来看我时还在设法营救我们，其诚是可感的，但我们宁愿玉碎却不愿瓦全。父母为我们费了多少苦心才使我们成人，尤其我那慈爱的母亲，我当年是瞒了她出国的。我的妹妹时常写信告诉我，母亲天天为了惦念她的远在异国的爱儿而流泪，我现在也懊悔此次在家乡工作时竟不曾去见她老人家一面，到如今已是死生永别了。前日父亲来时我还活着，而他日来时只能看到他的爱儿的尸体了。我想起了我死后父母的悲伤，我也不觉流泪了。云！谁无父母，谁无儿女，谁无情人！我们正是为了救助全中国人民的父母和妻儿，所以牺牲了自己的一切。我们虽然是死了，但我们的遗志自有未死的同志来完成。大丈夫不成功便成仁，死又何憾！

此祝

健康并问王同志好

觉手书

1928 年 *10* 月 *10* 日

译　者

在做你丈夫之前，我唯一的权利就是守卫你…王任

夏与春…罗池

给我一点点友谊，我就有理由活下去…吴林

你一天到晚在干些什么呢？…李晴

我想睡觉，和你一起…黄媛媛

请你不要卖弄风情，过于俗气…介晓黎

千万次地吻你…王雪

我越是沉湎于幸福，我的命运就会越可怕…王雪

我必定用我的爱把你救出来…章成

我从你的眼睛里寻找我的命运…邱野

万一阿尔卑斯山和大海把我们隔离开来…李浩泽

您一定会听到和感到我所写的是什么…张靖

你究竟喜欢我什么呢…李昕

当你老了…罗池

我在这里十分寂寞…王丽莎

你比夏日更美丽也更温婉…李全

真正的爱情永远会像新婚床上那样热烈…钟婧伊

为了你，我什么风险都愿冒…胡玮

你认识我时我是孩子，但今天我已成为男子汉了…周飞紫

你还是个对未来无忧无虑的孩子…钱静

您愿不愿意做我的妻子…陈侨明

绝没有另外一个人能够占据我这颗心…窦玢琪

但是你没有…温茹

冥冥之中有魔鬼夹在我们中间…王骁骁

人类的福利梦和我们的科学梦…于炳坤

陷入爱里的人，每一个字都是火热的。

情 书

产品经理 / 来佳音 李 梓　营销经理 / 鲁 畅　装帧设计 / 郑力珲
特约印制 / 刘 淼　策 划 人 / 于 桐

图书在版编目（CIP）数据

情书 / 果麦编. -- 杭州 : 浙江文艺出版社，2019.4
ISBN 978-7-5339-5528-1

Ⅰ. ①情… Ⅱ. ①果… Ⅲ. ①书信集－世界②诗集－世界 Ⅳ. ①I11

中国版本图书馆CIP数据核字(2018)第297580号

情书
果麦 编

责任编辑 金荣良
装帧设计 郑力珲

出版发行 浙江文艺出版社

地　　址 杭州市体育场路 347 号　邮编 310006
网　　址 www.zjwycbs.cn
经　　销 浙江省新华书店集团有限公司
　　　　 果麦文化传媒股份有限公司
印　　刷 河北鹏润印刷有限公司
开　　本 880 毫米 ×1230 毫米　1/32
字　　数 100 千字
印　　张 7.75
印　　数 1-11,000
版　　次 2019 年 4 月第 1 版　2019 年 4 月第 1 次印刷
书　　号 ISBN 978-7-5339-5528-1
定　　价 77.00 元